여행하는
소설

여행하는
소설

장류진
윤고은
기준영
김금희
이장욱
김애란
천선란

창비ᄃ

머리말

언제, 어디로 떠나 볼까? 누구랑 가지? 코스는 어떻게 짜지? 경비는 얼마나 들까? 어떤 사람을 만나고, 무엇을 보게 될까?

'여행'이란 말은 우리를 늘 설레게 합니다. 여행지의 사람, 풍경, 음식 등 모든 것이 나를 기다리는 것만 같습니다. 하지만 막상 여행을 떠나 마주한 볼거리, 먹거리에 실망하기도 합니다. 그래도 다녀오고 나면 이건 이래서 좋았고, 저건 저래서 즐거웠어, 이런 것도 있어 놀랐고, 저런 점은 배운 것 같아, 하고 들뜬 목소리로 말하곤 합니다. 그리고 새롭게 일상을 시작합니다. 이렇듯 여행은 우리에게 살아갈 힘을 줍니다. 일상에 쉼표를 찍어 줍니다. '이번엔 어딜 가 볼까.' 우리가 마음만 먹는다면 시간과 경비, 기타 걱정거리들은 그리 큰 문제가 되지 않을 듯합니다.

국어사전을 보면 여행은 '일이나 유람을 목적으로 다른 고장이나 외국에 가는 일'이라고 정의되어 있습니다. 그러나 일이든 유람이든 여행의 목적보다는 떠남의 경험이 우리에게 어떤 의미가 있느냐가 중요하겠습니다.

이 책을 엮으며 수많은 작품들을 읽고 여행의 의미를 생각해 보았습니다. 우리에게 익숙한 휴식, 재충전, 즐거움을 위한 여행도 있겠지만 여행의 의미는 단순히 여기에 머물지 않았습니다. 작가들은, 세상은 여행자인 우리에게 무한히 열려 있고, 우리는 이 세상을 품을 수 있는 존재라고 말하고 있었습니다. 여행하면서 마주하는 불안, 혼돈, 어긋남, 절망, 이해, 희망, 성찰, 깨달음 등 이 모든 것이 우리 삶을 더욱 다채롭게 한다는 말을 덧붙이면서요.

이 책에 실린 일곱 편의 소설은 여행을 통해 친절과 배려, 꿈을 재발견하고, 새로운 삶의 의미를 찾습니다. 따뜻한 마음으로 나누는 소통과 그 치유의 힘을 보여 줍니다. 세대 간, 가족 간의 이해와 화합을 도모하고 모욕적인 삶에서의 자비의 가치를 되새깁니다. 존재와 세계를 탐구하고, 의심과 호의 사이에서 갈등하며 자기 주변의 관계를 응시합니다. 끝없이 동경하던 곳으로 외로움을 던집니다. 이처럼 여행은 우리 삶입니다.

세상에는 흥미롭고 새로운 것이 매우 많습니다. 살면서 우리의 여행은 계속 이어질 겁니다. 좋은 작품들을 읽고 이야기를 나누면서 '만 권의 책을 읽고, 만 리 길을 여행하며, 만인의 벗과 사귄다'는 오래된 지혜가 다시 떠오르는 이유입니다. 이 책이 여러분께 작은 지혜가 되길 바랍니다.

이 책을 엮으며 작가들의 노고와 소중한 생각과 마음을 오롯이 느끼는 경험을 했습니다. 멀리서나마 응원합니다. 그리고 이 책이 나오기까지 여러모로 애써 준 창비교육과 서대영 편집자에게 감사 인사를 전합니다.

2022년 3월,
봄기운을 모아서

차례

장류진

2018년 단편 소설 「일의 기쁨과 슬픔」으로 창비신인소설상을 받으며 작품 활동을 시작했다. 소설집 『일의 기쁨과 슬픔』, 장편 소설 『달까지 가자』 등을 썼다. 젊은작가상, 심훈문학대상 등을 수상했다.

01

탐페레 공항

누군가 어깨를 툭, 하고 치는 느낌에 잠에서 깼다. 눈떠 보니 열차는 신도림역을 막 지난 참이었다. 맞은편 사람도 졸다가 깬 듯 어리둥절한 표정을 짓고 있었다. 그의 가방 위에, 그리고 내 허벅지 위에도, 초록색 껌 한 통이 놓여 있었다.

툭. 다시, 툭.

키 작은 할머니가 열차의 통로를 지나고 있었다. 빨간색 플라스틱 바구니를 든 백발의 할머니는 살 테면 사고 말 테면 말라는 식으로 바구니에서 껌을 하나씩 꺼내서 툭툭 던지고 다녔다. 자리마다 한 통씩, 자고 있거나 말거나 상관하지 않고 공평하게. 툭, 툭. 어떤 사람은 배에, 어떤 사람은 어깨에 맞았고 고개를 젖히고 자다가 목에 맞고 캑캑대는 사람도 있었다. 모두가 피곤한 퇴근길 지하철이었다.

열차 칸의 끝에 다다른 할머니가 다시 반대 방향으로 걸어오기 시작했다. 돌렸던 껌을 회수하려는 모양이었다. 껌만 도로 가져가는 경우도 있었고 껌 대신 천 원짜리 두어 장을 챙기는 경우도 간혹 있었다. 그럴 때도 할머니는 굽신거리며 인사를 하거나 고맙다는 말을 하는 법이 없었다. 그저 오늘 하기로 한 일을 해내고 있을 뿐이라는 듯 지폐만 손에서 낚아채 갔다. 구걸이 아닌 거래, 그런 느낌이었다. 묘하게 당당한 그 기운에 압도되어 나도 껌을 사는 쪽을 택했다.

납작한 종이 포장 위에 고딕체의 반듯한 글씨가 적혀 있었다. **자작나무로 만든 핀란드산 자일리톨.** 자작나무, 핀란드, 자일리톨. 거기 적혀 있는 단어들 때문인지, 가 본 적 없는 이국의 서늘한 바람이 묻은 편지를 받은 것만 같았다. 열어 보니 둥글넓적한 껌 여덟 개가 투명한 캡슐 안에 가지런히 들어 있었다. 나는 엄지손가락으로 그중 하나를 눌러 은박 포장지를 벗겼다. 껌을 입에 넣자 시원하면서도 달콤한 기운이 입안에 퍼졌고 귀밑에서 침이 고이기 시작했다. 그러자 '가 본 적 없는 이국'이라는 말은 틀렸다는 생각이 들었다. 사실 나는 핀란드에 가 본 적이 있다. 그 일에 대해서는, 어느 누구에게도 이야기해 본 적 없다.

육 년 전 여름. 나는 핀란드의 탐페레라는 작은 도시를 경유했었다. 목적지는 아일랜드 더블린이었는데, 가장 싼 항공편을 찾다

보니 핀란드를 거쳐야 했던 것이다. 경유지인 탐페레 공항에 도착한 시각은 자정에 가까운 늦은 밤이었다. 그런데도 한쪽 벽면을 모두 차지하고 있는 통유리창 밖이 대낮처럼 환했다. 처음으로 경험한 백야였다. 나는 그제야 내가 먼 나라에 와 있다는 사실을 실감했다.

여름 방학이 끝날 때까지 삼 개월 동안 더블린에서 워킹 홀리데이를 하면서 머물 계획이었다. 새로운 생활이 시작된다는 설렘과 동시에, 이제 준비해 온 대로 하기만 하면 된다는 안도가 교차했다. 워킹 홀리데이를 가기로 마음먹었던 이유는 글쎄, 돌이켜 보면 초라했다. 그래도 명색이 다큐멘터리 피디 지망생인데, 외국한 번 나가 본 적 없다는 사실이 졸업 학기를 앞두고서야 큰 결격사유처럼 여겨진 탓이었다. 취업 박람회에서 진로 상담원은 내게 '취업 전선에 뛰어든다'는 말을 들어 봤느냐고 물었다. 말 그대로 전쟁이라면서, 나는 아직 거기에 뛰어들 준비가 안 되어 있다고 했다. 말하자면 준비 운동이 더 필요하다는 것이었다. 특히 피디는 경쟁률이 높은 직종인데 내 스펙, 학교, 학점, 모든 것이 다 평범하다고 했다. 영어 점수는 높은 편이지만 요즘 이 정도는 많이들 가지고 있어서 크게 눈에 띄지 않는다면서.

우선 휴학을 했다. 해외 연수는 갈 처지가 안 됐다. 이미 학자금 대출이 있었으니까. 돈을 쓰는 게 아니라 벌면서 외국 생활도 해 보고, 젊을 때 사서라도 한다는 고생도 좀 해 보고, 이 기회에 영어 실력도 더 키워 보고……. 뭐 그런 기대를 안고 이것저것 물색해 보다 흔히들 그렇듯 나도 워킹 홀리데이를 생각하게 된 것이었다. 여행사와 유학원을 들락거리고, 비자 발급에 필요한 서류를 떼러 다니고, 몇 번의 착오 끝에 현지의 일자리를 구하고 비행깃값을 모으는 데 한 학기를 다 보냈다. 나에겐 고심 끝의 결정이자 엄청난 도전이고 인생의 특별한 이벤트였는데, 다 준비하고 나서 보니 결국 남들이 한 번씩 해 보는 걸 나도 똑같이 하는 데 지나지 않는다는 게, 유행의 일부일 뿐이라는 게, 그저 준비 운동을 마친 것일 뿐이라는 게, 조금은 쓸쓸하게 느껴졌다.

탐페레 공항은 규모가 작아서 공항이라기보다는 버스 터미널에 가까운 분위기였다. 출입국 절차를 위한 공간을 제외하고 나면, 사람들이 대기할 수 있는 홀에 카페 하나, 식당 하나, 키오스크 하나가 전부였다. 그마저도 늦은 밤이라 문이 닫혀 있었다. 나는 홀에 놓인 벤치에 앉아 항공편 이름과 이착륙 시간, 게이트가 나열된 모니터를 올려다봤다. 내가 타야 할 더블린행 저가 항공편은 다섯 시간 반 뒤에 출발했다. 다섯 시간 반. 말 그대로 시간을 때우는 것밖에는 달리 할 수 있는 게 없었다. 나는 옆자리에 놓여 있던 신문을 집어 들어 펼쳤다. 뜻을 알 수 없는, 유난히 점이 많은 알파벳들이 줄지어 있었다. 아마도 핀란드어일 것이다. 우리말과 핀란드어의 문법 구조가 비슷하다는 사실을 예전에 다큐멘터리에서 본 적이 있었다. 나는 기사에 실린 사진을 보고 글자들의 뜻을 짐작해 보면서 그것을 천천히 넘겨 보고 있었다. 그때였다. 갑자기 누군가 내 어깨를 툭, 하고 건드렸다. 나는 반사적으로 뒤돌았다.

"미안—해요, 제—가 당—신을 놀라—게 했군요."

한 노인이 건조한 목소리의 영어로 말을 걸어왔다. 얼핏 봐도 나이가 꽤 많아 보이는 할아버지였다. 이마며 눈가며 할 것 없이 얼굴 전체에 주름이 자글자글했고 엷은 검버섯이 얼굴을 뒤덮다 못해 듬성듬성 난 머리카락 사이까지 피어 있었다. 아주 느린 호흡으로 말했으면서도 그 한 마디를 뱉는 것이 힘겨웠는지, 얕은 숨을 몰아쉬었다.

"괜찮아요. 무슨 일이세요?"

나는 그렇게 대답하면서 노인의 얼굴을 좀 더 살폈다. 녹색 눈동자를 가진 노인이었는데 그 초록빛 눈은 어딘가 남다른 면이 있었다. 어딜 보고 있는지 잘 알 수 없는 눈빛이었다. 나를 보고 있는 것 같기도 했고 아닌 것 같기도 했다. 노인은 내가 아닌 내 뒤쪽 모니터를 향한 것 같은 시선을 그대로 둔 채, 재킷 주머니를 뒤적여 자신의 비행기 티켓을 내게 내밀었다. 그리고 여전히 느릿한 목소리로 힘겹게 말했다.

"저—는 앞이 거—의 보이지— 않아요. 당—신이 저를 도와—주시—겠어요?"

그가 내민 티켓을 받아 들었다. 헬싱키행 비행기였고 앞으로 네 시간이나 더 기다려야 했다.

"당신의 비행기는 네 시간 뒤에 출발해요. 여기서 더 기다려야만 해요."

노인은 무언가 착오가 있었던지 깊고 초점 없는 눈을 끔뻑이더니 한숨을 내쉬었다. 나는 왠지 꺼림칙한 기분이 들어 주섬주섬 캐리어와 배낭을 챙겨서 일어났다. 그가 앉은 채로, 그러니까 내 배를 바라보며 물었다.

"당신—은 몇— 시에 비행—기를 타—죠?"

"제 비행기는 다섯 시간 반 뒤에 출발해요."

노인이 얼굴의 모든 주름을 동원해 활짝 웃으며 말했다.

"오— 그것— 참 잘—됐군—요."

우리는 공항 건물 밖으로 나가 주변을 한 바퀴 산책하기로 했다. 내가 한국에서 왔고, 해외여행이 처음이라는 이야기를 듣고, 노인이 그걸 제안했기 때문이었다. 대기 시간 동안 공항 안에만 있으면 핀란드에 가 본 적이 없는 것이 되지만, 밖에 나갔다 와 보면 나중에 핀란드에 가 본 적이 있다고 할 수 있지 않겠냐는 논리였다. 핀란드를 그저 경유하기만 한다는 나의 여정에 노인은 핀란드 사람으로서 약간 속이 상한 듯했다.

잘 걸을 수나 있을까? 노인의 제안에 속으로 걱정했던 것과는 달리, 그는 지팡이를 사뿐히 짚으며 곧잘 걸었다. 축축 늘어지는 말투도, 듣다 보니 적응이 되었다. 그는 한 마디 하고 숨을 몰아쉬고 한 마디 하고 또 숨을 몰아쉬면서도 끊임없이 말을 했다. 노인이 먼저 내게 자신을 꺼내 보였다. 젊은 시절에는 사진 기자로 일했고 은퇴 후에는 사진작가로 활동했다는 것. 이 년 전, 지병으로 쓰러진 뒤로 시력을 점차 잃어 가고 있다는 것. 더는 예전처럼 사진을 찍을 수 없게 된 점은 슬프지만, 자신을 도와주는 사람들이 많아서 다행이라고 생각한다는 것.

"오—늘도 이—렇게 친절—한 숙녀—분이 저를 도와—주고 있—죠."

그의 영어는 아주 느리기 때문에 알아듣기 쉽다는 장점이 있었다. 그럼에도 불구하고 나는 몇 번이나 노인의 말을 알아듣지 못해 다시 한번 말해 주겠느냐고 되물어야 했는데, 노인이 제2차 세계 대전에 참전했다는 이야기를 듣고서 역시 그랬다.

"네? 다시 한번 말해 주시겠어요? 제2차 세계 대전이라고요?"

내가 잘못 알아들은 것은 아니었다. 재빠르게 머리를 굴려 계산해 보았다. 그 말이 사실이라면 노인은 적어도 구십 살, 많으면 백 살쯤 먹은 셈이었다. 무려 2차 대전에 참전했다는 노인과 대낮같이 밝은 밤에 산책하고 있자니 어쩐지 모든 게 비현실적으로 느껴졌다. 마치 조명이 환히 켜진 세트장에 들어와 있는 것 같았다.

걷다 보니 배에서 꼬르륵 소리가 났다. 작은 소리라 못 들었을 줄 알았는데, 노인이 그 소리를 듣고 크게 웃었다.

"앉을—까요?"

공항 주변은 줄기가 새하얀 자작나무들로 둘러싸여 있었다. 비행기 위에서 내려다보았을 때 온통 푸르기만 했던 땅이 착륙하면서 하얗게 변하던 순간을, 마치 벨벳의 결을 다르게 넘기는 것 같았던 그 순간을 떠올렸다. 나는 나무 아래 벤치 하나를 찾을 수 있었다.

노인이 메고 있던 배낭에서 종이봉투를 꺼냈고 그 안에서 납작한 호밀빵을 집어 들고 내게 내밀었다. 처음 만난 사람이 주는 걸 덥석 받아먹어도 되나? 하는 생각도 잠시, 고소한 냄새가 허기를 돋웠고 나도 모르게 침이 고였다. 마지막으로 기내식을 먹은 지도 반나절이 훌쩍 넘어 배가 무척이나 고팠다. 나는 빵을 받아 한입 베어 물고, 깜짝 놀랄 수밖에 없었다. 쫀득한 속에 알갱이가 씹혔는데 그건 분명히 쌀이었다. 빵 안에 밥이라니. 그런데 이렇게 맛있다니. 처음에 노인이 같이 대기 시간을 보내자고 했을 때 살짝 귀찮다는 생각을 한 것이 미안해졌다. 노인은 말하는 것보다 더 느린 속도로 빵을 씹고 있었다. 나는 몸도 성치 않은 노인이 왜 이렇게까지 힘들게 외출해서 비행기를 타려고 하는지가 궁금해져서 물었다.

"그런데, 헬싱키에는 왜 가시는 건가요?"

"동—창회에 갑니—다. 제게는— 일 년— 중 가—장 중요—한 행사—랍니다."

"그렇군요."

"항—상 이—번이 마지—막이라는 생각—으로 참석—하지요."

동창회 사이사이에 늘 부고 소식이 있고, 바로 그 이유로 참석 인원이 매년 줄어들고 있다고 했다. 그런 무서운 이야기를 하면서도 노인은 아무렇지도 않게 껄껄 웃었다. 이번에는 노인이 내게 물었다. 학교를 졸업하면 무슨 일을 하고 싶냐는 질문이었다. 나는 다큐멘터리 피디가 되고 싶다고 했다. 노인은 어쩐지 크게 기뻐했다. 자기도 시력을 잃기 전에 다큐멘터리 보는 것을 좋아했다는 것이었다.

"언제—부터 다—큐멘터—리를 좋아—했나요?"

"글쎄요, 언제부터였을까요."

나는 잠시 기억을 더듬어 보았다. 그러자 그 끝에 접시가 있었다. 새하얗고, 반짝반짝 광이 나는, 아주 커다란 접시. 위성 케이블 설치 붐이 일던 구십 년대 중반, 그때부터였을 것이다.

어딜 가든 집집마다 케이블 위성 접시가 현대인의 필수품처럼 하나씩 달려 있던 시절이었고, 나는 중학생이었다. 학교가 끝나면 텅 빈 집에 혼자 돌아와 교복 치마 밑에 추리닝을 덧입은 이상한 차림을 하고서는 손목에서 신발주머니를 빼지도 않은 채로 마룻바닥에 볼을 대고 누워 다큐멘터리 채널을 켜곤 했다. 그곳에선 내셔널지오그래픽의 자연 다큐를 비롯해 히트한 해외 다큐멘터리를 몇 번이고 재방송해 주었다. 사막으로 북극으로 또 밀림으로 저벅저벅 걸어 들어가는 카메라의 워킹과, 마치 조물주와도 같았던 성우의 목소리. 나는 아마도 그런 것들에 매료되었던 것 같다. 「지구대기행」, 「실크로드」 같은 다큐는 한 번 보고 재방송으로 보고, 보고 또 봐도 좋았다. 줄거리는 물론이고 내레이션을 거의 외울 정도였다.

나는 가정 통신문 장래 희망 기입란에 항상 '다큐멘터리 피디'라고 적어 냈다. 일 학년 때도, 이 학년 때도, 삼 학년 때도. 다큐에 빠지고 나서부터는 또래 친구들이 전부 덜떨어진 아이들 같아 보였다. 생활 기록부의 장래 희망란이 의사에서 변호사로, 변호사에서 다시 건축가로 들쭉날쭉 매년 바뀌는 애들이 유치해서 참을 수가 없었다. 어휴, 쟤네는 「지구대기행」을 보기나 했을까. 만물의, 인생의 진리를 알까. 나 자신이 학교에서 가장 성숙한 인간인 것처럼 느껴져 우쭐했고, 동시에 따분했다.

나는 왠지 모르게 긴장하면서 입을 열었다. 이때만큼은 틀린 영어 문법을 쓰고 싶지 않아 오래오래 문장을 머리에서 굴리다 말했다. 아주 오래전부터 다큐멘터리를 좋아해 왔다고. 내가 진정으로 하고 싶은 일은, 오직 이것밖에 없는 것 같다고.

"사—랑에—빠졌—군요."

"네, 사랑. 아마도요."

노인은 나중에 다큐멘터리 피디가 되면 꼭 핀란드에 다시 와서 오로라를 찍으라고 말하면서 다짐 받듯 덧붙였다. 반드시 겨울에 와야 한다고 말이다. 지금처럼 밝은 백야에는 오로라가 잘 보이지 않는다는 거였다. 추운 겨울이 돌아올 때, 하늘이 어둠으로 뒤덮여 있을 때, 꼭 이곳에 다시 들러 달라고 당부했다. 나는 그러겠노라고 약속하면서 언젠가 다큐멘터리에서 봤던 오로라를 떠올렸다. 발밑 아득히 자리한 별에서 이곳을 향해 쏘아 올린 듯한 빛의 기둥. 정지해 있는 듯하다 어느샌가 저 멀리 헤엄쳐 가는 색색의 빛줄기들. 지금 내가 발을 딛고 있는 이곳에도 언젠가는 밤이 찾아오고 또 오로라가 넘실대겠지.

좀처럼 어두워질 것 같지 않은 하얀 하늘을 멍하니 올려다보고 있을 때 노인이 재킷 주머니를 뒤적이더니 무언가를 꺼냈다. 일회용 카메라였다. 시력이 나빠진 다음부터는 직접 인화할 필요가 없는 일회용 카메라를 가지고 다닌다고 했다. 그걸로 내 사진을 찍어 주고 싶다며 엄지손가락으로 필름을 말았다. 나는 괜스레 머리와 옷깃을 가다듬었다. 그가 나를 향해 셔터를 눌렀다. 찰칵, 하는 셔터음 소리를 들으니 나도 갑자기 사진이 찍고 싶어졌다. 노인에게 허락을 구하고 어깨에 메고 있던 DSLR 카메라로 노인을 찍었다. 내 셔터음을 들은 그가 말했다.

"이—제 공항—으로 돌아—갑시다. 비행—기가 오고— 있을 겁—니다."

공항 로비에 도착하자마자 노인은 자신의 짐 가방을 활짝 열어 놓고 뒤적거리더니 커다란 스케치북과 마커 펜을 꺼냈다. 그리고는 내게 집 주소를 적어 달라고 부탁했다. 방금 찍은 내 사진을 인화해서 보내 주겠다는 것이었다. 글씨를 아주 커다랗게 써서 저시력 환자용 독서기를 통해 보면 자신도 글씨를 알아볼 수 있다고 했다. 말하자면 스케치북과 마커 펜은 노인에게 수첩과 볼펜인 셈이었다. 나는 신입 방송부원 모집 대자보를 쓰던 실력을 살려 큼지막하게 주소를 적어 나갔다. 사각사각 써 내려가는 내 마커 펜 소리를 들으며 노인이 얼굴에 퍼져 있는 주름을 더 쭈그러트리며 웃었다.

나는 노인의 비행기가 출발하는 게이트에 그를 데려다주었다.

"당신은 여기서 삼십 분 정도 기다려야만 해요. 승무원이 안내를 시작하면 그때 들어가세요. 아시겠죠?"

노인은 문제없다고 거듭 말하며 어서 가 보라고 손등으로 허공을 내저었다. 나는 바로 옆 게이트에서 수속을 하고 시야가 노인에게 닿을 수 있는 마지막 지점에서 뒤돌아보았다. 그럴 리는 없겠지만 마치 날 보고 있기라도 한 것처럼, 노인의 얼굴이 이쪽을 향해 있었다.

삼 개월간의 워킹 홀리데이는 순식간에 지나갔다. 나는 더블린에서 기차로 두 시간 정도 떨어진 한 시골 마을의 재활원에서 지냈다. 절반은 몸이 불편한 노인들이 재활 치료를 받는 곳이었고, 나머지 절반은 치매 노인을 위한 호텔식 요양원이었다. 나는 매일의 객실 청소를 맡았다. 오전 시간 내내 청소기를 돌리고 매트리스 커버와 이불 시트를 빼내고 새 시트를 끼우고 하다 보면 어느새 점심시간이 되었다. 재활원 내부에 마련된 직원 숙소로 돌아가 간단히 요리해 먹고는 다시 사용된 시트를 세탁하고 널고 걷어서 개어 놓는 일을 반복했다. 청소와 빨래, 빨래와 청소 속에 하루가 잘도 흘러갔다.

가뜩이나 낯선 환경인데 사람들과 말을 할 기회가 많지 않아서 처음에는 좀 외로웠다. 습진을 달고 살긴 했지만 돈은 꽤 벌었다. 그곳 생활에 어느 정도 익숙해지고 나서부터는 유럽 각국에서 온 동료들과 얕은 친분을 맺기도 했고, 주말에 더블린이나 갈웨이 같은 곳으로 짧은 여행을 다니며 이국적인 풍경과 자연을 눈에 담기도 했다. 나는 종종 DSLR 카메라에 여러 인종의 동료들을 영상으로 담으며 작은 흥분을 느꼈다. 비싼 채소를 못 먹고 밀가루만 먹어 대서 변비에 걸린 동료들에게 한국에서 가져온 변비약을 나눠 주고, '코리안 메디슨' 최고라는 찬사와 함께 '아시아의 나이팅게일'이라는 별명을 얻고, 이따금 마음먹고 재료를 준비해 그들이 맛있다고 껌뻑 죽는 김밥을 말기도 하고, 또 가끔은 영어로 고심해 둔 농담에 동료들이 웃었을 때 뿌듯해하기도 하면서.

공항에서 만났던 노인이 문득 떠오를 때도 있었다. 같이 일하는 동료의 국적이 핀란드라는 사실을 알았을 때. 방을 청소하다 저시력 환자용 독서기를 발견했을 때. 요양원 입소자 중 나이가 너무 많아서 죽음에 가까워져 가는 노인의 방을 청소할 때. 아니면 무심코 카메라의 사진을 최근 찍은 것부터 거꾸로 넘겨 보다 결국 맨 앞에 찍힌 사진인 노인의 얼굴을 마주하게 되었을 때. 처음 만났을 때처럼 불쑥, 그가 내 어깨를 건드리는 것만 같았다.

다시 한국에 돌아온 날, 집에 들어가기도 전에 먼저 나를 반긴 건 우편함 바닥에 깔려 있던 핀란드 노인의 편지였다. 겨우 네 시간 남짓 만났을 뿐인데, 석 달 내내 같이 지냈던 더블린의 동료들보다 핀란드의 노인이 더 가깝게 느껴졌다. 그는 헬싱키로의 짧은 여행을 마치자마자 편지를 보냈을 터였다. 그의 동창회는 어땠을지. 작년보다 적어진 참석자 수에 속이 상하지는 않았을지. 돌아오는 길에는 혼자서 비행기를 탔을지. 많은 것들이 궁금해졌다. 나는 마치 노인을 문 앞에 세워 두고 석 달이나 기다리게 한 것 같은 기분이 들어 허겁지겁 봉투를 뜯었다.

봉투 안에는 나의 안전한 여행을 기원하는 노인의 짤막한 손편지, 오로라 사진이 인쇄된 빈 엽서, 그리고 내 사진이 들어 있었다. 헤어지기 직전, 노인이 일회용 카메라로 찍어 준 것이었다. 사진은 허리 즈음에서 자연스럽게 잘렸고 내 머리 위에는 적당한 여백이 남았다. 아무리 한때 사진작가였어도 그렇지, 앞이 잘 보이지 않는다는 사람이 어떻게 이렇게 구도를 잘 잡았는지 놀라웠다. 나는 책상 옆 두 번째 서랍을 열어 접착테이프를 꺼냈다. 손가락 길이만큼 잘라 낸 테이프를 둥글게 말아서 책상 앞 창틀에 오로라 엽서를 붙여 두었다. 그렇게 해 두면 엽서를 볼 때마다 기분이 좋아질 것 같았다.

마지막 학기 개강 첫날, 등굣길에 학생회관에 들러 편지지와 우표를 사고 수업이 끝나면 도서관에서 노인에게 답장을 쓴 다음, 집으로 돌아가는 길에 정문 앞 우체통에 편지를 넣으려고 했다. 분명히 그런 계획을 세웠었다. 하지만 첫날부터 일 교시 강의에 지각하는 바람에 학생회관에 들르지 못했다. 둘째 날에는 수강 신청할 때 졸업 필수 과목을 하나 빼먹었다는 사실을 뒤늦게 알고 학적과에 전화하고, 메일을 보내고, 교수실에 찾아가 사정을 봐 달라고 부탁하느라 정신이 없었다. 셋째 날에는 드디어 편지지를 사기는 했는데 아무래도 우체통에 넣는 것보다는 우체국에 직접 가서 부치는 편이 낫겠다는 생각이 들었고, 그러려면 네 시 반 이전에 가야 하니 또 다음 날로 미루게 되었다.

결국, 나는 학기 내내 답장을 보내지 못했다.

그리고 학기 내내 방송국 신입 피디 공채에 원서를 넣었지만 전부 다 서류에서 탈락했다. 나는 피디 채용 정원이 이렇게 적은지 몰랐고 이렇게 많은 사람이 피디가 되고 싶어 하는지도 미처 몰랐다. 면접이라도 봤다가 떨어졌으면 이해라도 하지, 원서만 썼는데 바로 불합격 통보를 받으니 떨어진 이유도 알 수 없어 답답했다. 스펙만 볼 것이 아니라 중고등학교 생활 기록부까지 다 봐야 하는 게 아닌가? 이를테면, 그래도 육 년 내내 생활 기록부에 장래 희망이 '다큐멘터리 피디'라고 되어 있는 사람은 적어도 면접은 한번 보게 해 줘야 하는 게 아닌가? 이런 생각도 들었다.

딱 한 번 면접을 보긴 했다. 낚시 전문 케이블 채널이었다. 서류 전형과 필기시험에 통과하고 실기 면접까지 봤지만 큰 인상을 남기지 못하고 떨어졌다. 아무런 대답도 하지 못했던 마지막 질문은 면접이 끝난 후에도 한동안 머릿속을 맴돌았다.

"민물낚시와 바다낚시의 가장 큰 차이점이 뭐라고 생각합니까?"

마지막 기말고사를 앞두고서는 노인에게 답장해야겠다는 마음 자체를 완전히 접게 되었다.

도서관에서 시험공부를 하다가 막차 시간에 맞춰 집으로 돌아왔을 때였다. 마저 공부하기 위해 책상에 앉으려는데, 창틀에 붙여 둔 오로라 엽서가 눈에 들어왔다. 답장을 하긴 해야 할 텐데. 어영부영하다 보니 노인이 편지를 보낸 지도 벌써 반년이나 지나 있었다. 핀란드의 날씨는 추워졌겠지. 대낮처럼 밝기만 했던 날들도 다 지나가고 이제 온종일 어둡기만 하겠지. 그곳엔 오로라가 있을까. 노인은 내 편지를 기다리고 있을까.

편지 생각만 하면 체한 듯 가슴이 답답했다. 다음 날 치를 시험은 성적의 칠십 퍼센트를 좌우하는 중요한 시험이었다. 이 과목은 반드시 A를 받아야 평균 학점의 소수점 앞자리가 바뀐다. 편지는 나중에 생각하자. 집중해야 해. 나는 빠른 속도로 엽서를 떼어 냈다. 엽서의 뒷부분이 죽, 찢어졌다. 동그랗게 말아 놨던 테이프가 창틀에 그대로 붙어 있었고 그 위에 하얗고 얇은 종이의 흔적이 남았다. 나는 편지 봉투를 꺼내 오로라 엽서를 다시 집어넣고 서랍을 닫았다.

그래, 사실 내가 답장을 해 주겠다고 한 적은 없었잖아. 받은 거 자체로 의미가 있고, 또 노인은 벌써 나에 대해 잊어버리고 있을지도 모르고. 어차피 늦은 거, 좀 더 한가해지면 답장을 해야겠다고 마음먹었다. 그러자 마음이 조금은 편해졌다. 편지에 대해서는 되도록 잊어버리려 노력했다.

졸업 후 나는 한 외주 제작사에 취직했다. 아무래도 방송 일도 경험해 볼 수 있고, 또 제작 분야에서 일한 이력이 다음번 방송사 공채 응시 때 도움이 될 수도 있겠다고 판단했기 때문이었다. 많은 직원들이 나와 비슷한 마음인 것 같았다. 그래서 그런지 거의 자원봉사나 다름없는 식으로 일했다. 아르바이트할 때와 받는 돈 자체는 비슷했지만 여기서는 집에 들어가지도 못하고 일했기 때문에 시급으로 따지면 훨씬 적었다. 차라리 다시 아르바이트를 하는 게 낫겠다는 생각도 들었다.

나를 더 힘들게 하는 것은 내가 하는 일이 초라하다고 여겨질 때였다. 주로 아침 방송의 십 분짜리 코너를 제작했는데, 육 밀리 캠코더를 들고 다니며 작가들이 써 준 대본대로, 시키는 대로 찍고 편집했다. '전국의 원조 맛집을 찾아서'라는 이 코너에서 내가 가장 많이 하는 말이라고는 "맛이 어떠세요?" "큐, 하면 맛있다고 하는 거예요." 같은 것들이었다. 시골 어르신들이 육 밀리 캠코더를 든 나를 보고 '아이고, 감독님'이라고 불러 줄 때는 민망하면서도 살짝 기분이 좋긴 했지만.

월급이 두 달째 밀렸을 때 아빠가 쓰러졌고 엄마가 주말에도 새벽부터 일을 나가기 시작했다. 나는 외주 제작사 일의 비중을 줄이고 아르바이트의 비중을 늘려 나가다 결국은 풀타임으로 취직했다. 큰 기업은 아니지만 건실하다고 알게 모르게 소문난 식품 회사의 회계 팀이었다. 그나마도 경제학을 부전공해서 가능한 일이라며 친구들의 부러움을 샀다. 최종 합격 통보를 알리는 문자 메시지를 받았을 때, 아마 밤 열 시였을 거다. 소식을 들은 엄마는 아빠가 잠든 육인실 병상에서 숨죽여 울었다고 했다.

연봉 계약서에 서명하던 그 순간, 씁쓸한 감정이 들 것 같았지만 오히려 그 반대였다. 나는 정말이지, 진심으로, 기뻤다. 방송국이고 피디고 뭐고 지긋지긋했다. 대신 4대 보험이 어쩌고 하는 말들과 상여금, 특근 수당, 연차와 실비 보험 같은 단어들이 그렇게나 따뜻하고 푹신하게 느껴질 수 없었다. 수습 기간이 끝나고 정직원이 되면서 회사에서 가족 의료비도 지원해 주었다. 아빠는 그 돈으로 수술할 수 있었다.

신입 사원 교육을 받고, 다음 해 신입 사원이 들어오면 똑같은 교육을 해 주고, 이따금 회식을 하고, 연말 정산 시즌이 다가오면 야근을 하고, 과장님이 소개해 준 남자와 두어 달 만나다 헤어지고……. 그런 나날들이 모자라지도 넘치지도 않게 이어졌다. 졸업한 지 육 년 만에 학자금 대출을 완납하던 날에는, 유명하다는 베이커리에서 작은 조각 케이크를 하나 샀다. 방문을 닫고, 불을 끄고, 노트북으로 「북극의 눈물」 DVD를 재생했다. 너무 여러 번 들어 익숙한 배경 음악이 깔렸다. 나는 모니터에서 흘러나온 네모난 빛 안에 케이크 접시를 두고 천천히 한 입씩 떠먹었다. 혀끝에 닿은 생크림이 달았다.

야근하다 들른 회사 근처 식당에서, 저녁 뉴스 화면 아래로 지나가는 신입 피디 채용 공고 자막을 본 건, 일주일 전이었다.

그날 회사 탕비실에서 뜨거운 물에 털어 넣은 믹스커피가 다 식어 버릴 때까지 저어 대다가 그대로 개수대에 쏟아 버리고는 자리로 돌아왔다. 인터넷 브라우저를 켜고 방송국 홈페이지 주소를 입력한 뒤 엔터키를 눌렀다. '신입 피디 공개 채용'이라는 팝업 창이 떴다. 사무실에는 아무도 없었다. 처음부터 그럴 생각은 아니었는데, 나는 어느새 이력서와 자기소개서 양식을 채워 넣고 있었다.

오랜만에 써 보는 이력서였다. B여자고등학교 방송반 부장, I시 청소년 영상물 공모전 은상 수상, C대학 교내 방송국 부국장, 아일랜드 워킹 홀리데이, M프로덕션 근무, D식품 회계 팀 재직 중. 또 뭐 없나? 공인 영어 점수는 이미 만기된 지 오래였다. 있으나 마나 하다는 프리미어 자격증과 MOS 자격증을 쓰고 나니 더 쓸 게 없어 이력서가 휑해 보였다. 운전면허 2종 보통을 썼다가, 지웠다.

자기소개서는 총 다섯 문항이었는데, 질문은 육 년 전이나 지금이나 거기서 거기였다. 자신이 반드시 피디가 되어야 하는 이유를 기술하시오. 인생에서 가장 도전적이었던 경험과 그로 인해 느낀 점을 기술하시오. 리더십을 발휘했던 경험을 3개 이상 기술하시오. 그중에 가장 난감해서 말문이 막혔던 질문은 이거였다.

인생에서 가장 후회했던 경험과 그 이유를 기술하시오.

나는 하얀 바탕에 깜빡이는 커서만 물끄러미 바라보다 눈을 감았다. 어둠 속에 무언가 보이려다가, 말았다. 머리가 지끈거렸다. 브라우저 창을 닫고 노트북을 꺼 버렸다. 앞으로 그 방송사 홈페이지에 접속하는 일은 다시 없을 거라고, 마음먹었다.

퇴근하자마자 단물이 다 빠진 자일리톨 껌을 휴지통에 뱉어 버리고 코트와 가방을 방바닥에 내팽개쳤다. 책상이 놓인 창문 쪽으로 시선을 돌렸다. 창틀 위에 붙은 테이프가 눈에 들어왔다.

아주 오래전에 저곳에 엽서가 붙어 있었다는 걸, 테이프 위의 얇은 종이 찌꺼기가 말해 주었다. 아무렇게나 찢겨 남겨진 종이는 때가 타서 새카매졌고 테이프는 접착력이 거의 다해 너덜거렸지만, 어쨌든 여태 그곳에 붙어 있었다. 나는 테이프 위에 남은 꼬질꼬질한 종이의 흔적을 한참 동안 노려보았다.

나는 알고 있었다. 인생에서 가장 후회하는 일인지는 모르겠지만 적어도 내가 후회하는 몇 가지 중 하나가 무엇인지, 알고 있었다. 애써 다 털어 버렸다고 생각했지만 내 안 어딘가에 끈질기게 들러붙어 있고, 떼어 내도 끈적이며 남아 있는, 날 불편하게 만드는 그것. 내가 그것을 다시 꺼내는 데는 많은 용기가 필요하고 꺼내서 마주하게 되더라도 차마 똑바로 바라보기는 힘들 거라는 걸, 너무 잘 알고 있었다.

천천히 두 번째 서랍을 열었다. 통장과 여권을 들어내고 그 아래 깔렸던 노트 두 권과 책 한 권을 또다시 들어냈다. 그리고 맨 아래, 핀란드 노인이 보냈던 편지 봉투가 모습을 드러냈다.

깜깜했다. 그곳에 편지 봉투가 있다는 사실은 알았지만 너무 오래전 일이어서 봉투 안에 무엇이 들었는지, 편지에는 어떤 내용이 쓰였는지 도무지 기억나지 않았다. 단지 시간이 많이 흘렀기 때문만은 아니었다. 나는 언젠가부터 노인으로부터 편지를 받았던 일을 없었던 일이라고 여겼다. 그리고 그렇게 생각할수록 정말 없었던 일이 되어 버린 것만 같았다. 왜 그랬는지는 모르겠지만 아마도…… 그가 이미 죽었을 것 같다는 생각 때문이었을 것이다. 한 해가 지나고 두 해가 지나고, 노인이 지금쯤 몇 살일까를 떠올리다가 고개를 젓곤 했다. 만약에 노인이 정말 그렇게 되었다면, 그걸 내가 알게 된다면……. 나는 미안해서 도저히 견디지 못할 것 같았다.

봉투를 꺼냈다. 열린 입구를 아래로 향하게 기울이자 툭, 하고 내용물이 쏟아졌다. 뒷면이 찢긴 오로라 엽서, 그리고 육 년 전의 나였다. 사진을 집어 들었다. 지금은 절대 시도할 것 같지 않은, 유행 지난 빽빽한 일자 앞머리가 눈썹 위에 가지런했다. 내가 이랬었나? 촌스러웠지만 그래도 귀여웠다. 세상에, 사진 속의 나는 팔자 주름도 없다.

그런데 팽팽한 것은 사진 속 내 피부뿐만이 아니었다. 들고 있는 사진이 이상하게 빳빳하게 느껴졌다. 무심코 사진을 뒤집었다. 뒤에 두꺼운 종이가 덧대어져 있었다. 점이 많은 알파벳이 쓰여 있었는데, 읽지는 못했다. 글씨가 아닌 그림을 보고 그게 시리얼 상자를 잘라서 붙인 거라는 걸 알았다. 이게 왜 붙어 있지? 나는 편지를 꺼내려 봉투를 다시 집어 들다가 조금 전에는 보지 못했던 것을 발견했다. 왼쪽 위 발신인 주소를 쓰는 곳과 오른쪽 아래 수신인 주소 쓰는 곳 사이에, 봉투를 대각선으로 가로지르는 문장이 적혀 있었다. 아주 흐릿했다. 주소와는 다르게 연필로 적었는지, 지워지기 직전이었다. 나는 봉투를 좀 더 가까이 가져와 대각선으로 쓰인 글자를 읽어 나갔다.

Do not bend (Photo inside) **구부리지 마시오 (사진이 들어 있음)**

말 그대로 노파심이라는 게 이런 걸까. 사진이 지구 반대편 먼 길을 거쳐 가는 동안 행여나 구겨질까, 노인은 많이 걱정했던 것 같다. 나는 시리얼 상자를 가위로 자르고, 그것을 풀로 사진의 뒷면에 단단히 붙이는 노인의 모습을 상상했다. 하얀 밤, 태양이 뭉근한 빛을 내는 창가에 앉아 가위와 풀과 사진 그리고 편지 사이를 천천히 오가며 더듬거리는 노인의 쭈글쭈글한 손을.

참았던 눈물이 쏟아졌다. 오래 울었는데도 이상하게 진정이 잘 되지 않았다. 심장이 물에 뜬 듯 출렁이는 것만 같았다. 나는 봉투 안에 든 편지를 꺼내서 펼쳤다. "글씨를 힘차게 쓰던 용감한 한국의 숙녀분께." 이런 내용이 적혀 있었구나. 나는 마치 그 편지를 처음 보는 사람처럼 노인의 글을 읽기 시작했다. 한 줄 한 줄 읽어 내려갈 때마다 알 수 없는 곳을 향한 미안함의 눈물이 자꾸 흘렀다. 편지의 끝에는 연락하고 지내자는 말과 함께 숫자 열세 개가

적혀 있었다. 노인이 전화번호까지 적어 줬었어? 왜 나는 이런 것
도 기억하지 못하고 있었을까. 대체 왜.

충동적으로 휴대폰을 들어 편지에 적혀 있던 번호를 입력한 다
음, 통화 버튼을 눌렀다. 신호음이 계속될 때마다 휴대폰을 든 손
이 덜덜 떨렸다. 어떡하지⋯⋯. 누군가 전화를 받았다. 저음의 느
릿한 여자 목소리였다. 핀란드어로 말하고 있는 것 같았다. 나는
심호흡을 한 번 한 뒤 상대방에게 영어를 할 수 있는지 물었다. 그
녀가 이번에는 영어로 내가 누구인지 물었다. 나는 편지 봉투 위
에 적힌 이름을 내려다보았다. 노인의 이름이 얀이었구나. 내가
물었다. 얀이, 그곳에 있습니까? 수화기 너머로 잘 알아들을 수 없
는 목소리가 들려왔다.

"히— 이스— 리빙."

"뭐라고요? 다시 한번 말씀해 주시겠어요?"

"히— 이스— 리—빙."

리빙? living인가? leaving인가? 어디로 떠났다는 거지? 나는 떨
리는 목소리로 되물었다.

"다시, 다시 한번만 말해 주시겠어요?"

"히— 이즈—! 슬—리—핑!"

그가 있었다. 자고 있었다. 나는 울먹이며 말했다.

"저는, 한국 사람입니다. 육 년 전에 탐페레 공항에서 얀을 만난
적이 있어요."

그녀는 밝은 목소리로 답했다.

"오, 당신을 기억해요. 나는 얀의 아내입니다. 당신이 도와줬던 이야기를 들었어요. 고마워요. 얀이 곧 일어나면 아침 식사를 하면서 이 기쁜 소식을 전하겠어요."

나는 봉투에 적혀 있는 주소가 맞는지 여러 번 확인하고 전화를 끊었다. 노인은 아직 그곳에 있었다. 얀이라는 이름을 가지고, 부인과 도란도란 이야기도 나누고, 아침밥도 먹고, 늦잠도 자면서.

나는 눈물을 닦고 내가 가진 가장 커다란 노트와 마커 펜을 꺼냈다. 그리고 큼직한 글씨로 미루고 미뤘던 편지를 다시 쓰기 시작했다.

Dear.

윤고은

2003년 단편 소설 「피어싱」으로 대산대학문학상을 받으며 작품 활동을 시작했다. 소설집 『1인용 식탁』, 『알로하』, 『늙은 차와 히치하이커』, 『부루마불에 평양이 있다면』, 장편 소설 『무중력증후군』, 『밤의 여행자들』, 『해적판을 타고』, 『도서관 런웨이』 등을 썼다. 한겨레문학상, 이효석문학상, 대거상 번역추리소설상 등을 수상했다.

02

콜럼버스의 뼈

콜롬은 말했다. 시에스타는 도둑처럼 찾아온다고.

나는 모두가 거부하는 주소를 들고 세비야 한복판에 서 있었다. 관광객들로 붐비는 이 도시에서 수많은 택시들이 나를 향해 다가왔다가 한 줄 주소를 읽고는 다시 멀어져 갔다. 주소는 이 나라의 언어로 쓰여 있었지만, 이상하게 사람들은 난독증에 걸린 것처럼 헤맸다. 강렬한 햇빛은 거리의 모든 것을 한 꺼풀씩 벗겨 냈고 내가 들고 있던 진녹색 수첩도 예외는 아니어서 그 속의 활자들도 조금씩 낡아 가고 있었다. 흔하디흔한 택시들이 마치 오늘의 마지막 택시인 듯 내 앞을 스쳐 갔고, 마침내 나는 하얗게 바랜 거리 위에 홀로 남았다.

그때 내 곁으로 마차 한 대가 다가왔다. 마차가 전혀 낯설 것 없는 도시였지만, 내 옆에 멈춰 선 그것이 그토록 어색하게 느껴진

건 그 마차들이 관광용이라는 생각을 갖고 있어서였다. 기대 없이 주소가 적힌 수첩을 내밀었는데 고삐를 쥐고 있던 남자는 그 주소를 알아보았다. 요금을 흥정해야 할 것 같았으나 사십 도에 가까운 기온이 모든 절차를 뭉텅이로 도려냈다. 나는 일단 마차에 올라탔다. 남자가 물었다.

"세비야에는 언제 왔어요?"

"일주일 전에요."

"어디가 제일 좋았어요?"

글쎄. 딱히 할 말이 없었다. 남자는 세비야의 관광지를 하나씩 읊기 시작했는데, 거기서 내가 가 본 곳은 하나도 없었다. 그가 이렇게 말했다.

"일주일 동안 술만 먹었네요, 그렇죠?"

"모두가 다 관광객은 아니니까요."

남자는 별 반응을 보이지 않았다. 답변을 기다리는 게 아니라 던져야 할 질문들을 끊임없이 고르고 있는 것처럼 보였다. 어떤 음식이 가장 좋았는지, 투우나 플라멩코를 봤는지, 어떤 도시들을 경유해 왔으며 또 어디를 지나칠 건지에 대해. 그 질문 사이를 달리는 동안 마차는 번화가를 벗어났다. 말은 익숙하던 산책 코스에서 벗어난 게 이상한지 속도를 조금씩 늦췄다. 십 분쯤 더 달렸을까? 그는 골목을 가리키며 여기서 더는 들어가지 못한다는 몸짓을 했다. 길이 좁다는 것이다. 길 입구에 내가 찾던 그 거리명이 붙어 있었다. 남자가 부르는 대로 80유로를 지불했다. 나중에야 알았지만 그건 세비야 시내를 한 시간 동안 한 바퀴 돌았을 때 내는 금액이었다. 그러나 상관없었다, 그 집에 갈 수만 있다면.

"다시 시내로 나갈 건가요?"

남자가 물었다. 나는 시간이 오래 걸릴 거라고 대답했다. 남자는 문제없다는 듯이, 자신은 저 나무 밑에서 자고 있을 거라고 했다.

"시에스타니까요. 중심에서 조금만 벗어나면 이 시간에 그렇게 졸릴 수가 없어요."

수면이 원심력이라도 가졌단 말인가. 그렇다면 며칠째 불면 상태인 나는 계속 중심을 벗어나지 못하고 있는 게 아닌가. 마차를 뒤로하고 그 골목 안으로 들어갔다. 골목 전체가 낮잠에 빠진 것처럼 고요했다. 나는 집집마다 현관문 옆에 붙어 있는 번지수를 하나씩 눈으로 더듬었다. 타일로 된 것도 있고 나무로 된 것도 있었다. 80, 78, 76, 그리고 74. 내가 찾던 그 주소가 바로 눈앞에 있었다. 대문은 초록색이었고 벽은 다른 집들처럼 흰색이었다. 흰 벽에 꽃으로 장식된 창문이 하나, 둘, 셋, 넷. 창마다 느슨하게 드리워진 발. 벽의 한끝에는 노란색 우체통이 걸려 있었고, 흰 벽 아래쪽으로는 물이 흐르지 않는 수로가 뻗어 있었다. 나는 그 앞에 서서 휴대 전화를 만지작거렸다. 휴대 전화 속에는 삼백 개의 스페인어 문장이 담긴 애플리케이션이 있었다. 강한 햇빛에 반사되어 액정 속이 제대로 보이지도 않았지만, 어쩌면 이 삼백 개 문장 안에서만 말을 해야 할 상황이 올지도 몰랐다.

어렵게 초인종을 두 번 눌렀으나 누구도 나오지 않았다. 그러나 초록색 문은 살짝 열려 있었고, 문과 벽 틈새로 햇빛과 바람만이 왕래하고 있었다. 나는 마치 바람인 양 혹은 햇빛인 양, 그 문틈으로 내 몸을 밀어 넣었다. 실례합니다, 라고 말하긴 했지만, 그건 나에게만 겨우 들릴 정도의 목소리였다. 문은 너무도 싱겁게 안으로 밀려 들어가며 내부를 공개했다. 전체적으로 노란빛이 느껴지는 거실. 그 속에서 혹시 내가 읽어 낼 수 있는 무언가가 있을까 봐 찬찬히 거실을 살펴보았다. 분명 사각의 입체적인 공간이었으나 시계 초침 소리조차도 들리지 않아서 이 공간 자체가 벽에 걸린 그림처럼 평면적으로 느껴졌다.

집 안으로 통한 또 하나의 문은 양쪽이 다 열리는 구조였는데, 그 두 문짝 사이가 좀 열려 있었고, 그 틈으로 아주 가늘고 선명한 햇빛이 한 줄기 오가고 있었다. 기척이 느껴진 순간 그 바닥에 길게 나 있던 빛의 그림자가 더 넓어졌다. 그 사이로 한 남자가 걸어 나왔다.

나와는 아무런 상관도 없는 남자였다.

적어도 한국인이 아닌 것은 분명한, 그런 남자. 이곳 거리 어디에서나 흔히 볼 수 있는 남자. 머리가 희끗하고 배가 두둑하게 나온 남자였다.

"아…… 실례합니다."

진녹색 수첩을 내밀고 휴대 전화 애플리케이션 속의 한 문장을 눌렀다. 수첩에는 내가 찾아야 할 이름의 한국어 버전과 스페인어

버전이 나란히 적혀 있었고, 휴대 전화에서는 이런 말이 흘러나올
예정이었다.

'이 집에 사는 사람을 찾고 있어요.'

다소 익살스럽게 느껴질 만큼 쾌활한 목소리였는데, 집주인 남
자는 그 스페인어를 한 번에 알아듣지 못한 듯싶었다. 내가 한 번
더 그 문장을 들려주자 남자가 나를 쳐다보며 진심이냐고 물었다.
그건 또렷한 영어였다. 태양 때문인지 긴장감 때문인지, 다소 무
뎌진 손가락이 의도한 것보다 한 줄 아래의 문장을 눌러 버린 것이
었다. 그 결과 흘러나온 건 이런 말이었다.

"전화번호를 주시겠어요, 아니면 제가 집까지 따라갈까요?"

다행히 남자는 그들의 언어 말고도 영어를 할 줄 알았다.

"이 시간에 돌아다니는 건 관광객과 도둑뿐이거든요."

남자는 나에게 어느 쪽이냐고 물었다. 나는 그 어느 쪽도 아닌
것 같다고 대답했다. 그는 진땀을 빼고 있는 나에게 의자를 권하
고는 차가운 라임 음료를 한 잔 가져다주었다. 남자는 내가 내민
사진을 유심히 보았다. 나는 그런 남자의 표정을 유심히 보았다.
그의 깊게 팬 주름이 움직이면서 내가 원하는 답이 나올 순간을 기
다리고 있었다. 남자가 마침내 손가락으로 사진을 가리키며 입을
열었다.

"확실히 이건 내가 아닌 것 같군요."

맥이 빠진 내 얼굴을 보면서 그는 또 말했다.

"내가 아는 사람도 아니고요. 당신의 애인인가요?"

애인이 아니라 아버지라는 말은 하지 않았다. 사진 속 남자는 서른 살 무렵의 아버지였다. 그러니까 내가 태어났을 무렵의 아버지이자 곧 나와 이별할 때의 아버지 모습이었고, 내가 가진 유일한 그의 사진이었다. 나는 이 사람의 행방 때문에 한국에서 여기까지 왔다는 말을 했다. 그가 이 집에 살고 있다는 소식을 들었다고.

"내가 이 집에서 태어나서 여기서 자랐다는 사실이 미안해지네요. 이 집에 나 말고 다른 남자라고는 한 달에 두 번씩 모이는 내 형제들이 전부인데 그들은 이렇게 잘생기진 않았어요."

진녹색 수첩 속 주소를 보던 남자는 이걸 보라며 주소가 다르다고 말했다. 그가 메모지에 적은 이 집의 주소는 내 수첩에 적힌 주소와 같은 게 아니었다. 얼핏 보면 비슷했지만 철자가 두 개나 달랐고, 철자 두 개로 인해 위치도 의미도 완전히 달라졌다. 이곳은 내가 찾는 사람과는 아무런 상관이 없는 집이었던 것이다.

"그럼, 혹시 이 주소는 모르시나요? 택시 기사들도 잘 모르는 것 같아서요."

남자는 처음 들어 보는 거리의 이름이라고 했다. 그러나 세비야에는 무수히 많은 골목이 있으니 자신이 모르는 곳이 있을 가능성은 항상 남아 있다고 덧붙였다.

"이곳에서 태어나서 육십 년을 살았지만 아직도 못 가 본 길이 있으니까요. 아, 주소를 찾으려면 여기로 가 보는 게 좋을 겁니다."

그가 적어 준 건 스페인 광장에 있는 주정부 청사의 주소였다.

나는 서둘러 자리에서 일어섰다. 골목 끝에서 뒤를 돌아보니 태양이 좀 더 강렬해진 건지, 대문의 초록색이 조금 옅어진 것도 같았다. 창문 하나도 그새 잠든 것인지 네 개가 아니라 세 개만 보였다. 모든 것이 한 김 빼면서 옅어지는 시간, 나만 아직 그대로였다.

길 끝에 마차는 없었다. 엉뚱한 주소에 나를 데려다 놓은 그 허술한 마차는 이미 사라지고 없었다. 여기서 졸고 있겠다더니 보이지도 않았다. 중심가를 벗어났다던 그 마부의 말이 떠올랐다. 관광 안내소도, 오가는 택시도, 아니, 그냥 걷는 사람도 한 명 보이지 않는 이 거리는 중심가에서도, 내가 찾는 주소에서도 멀리 있었다. 쏟아지는 햇빛에 눈이 베일 것 같다고 생각하고 있을 때, 방금 지나쳐 온 골목에서 그림자 하나가 걸어 나왔다.

남자가 나를 다시 부른 건 단지 태양 때문이었다. 이 시간에 돌아다니면 쓰러질지도 모르니, 택시가 올 때까지 기다리라고 했다. 그건 내가 기대한 말이 아니었다. 뒤늦게라도 아버지에 대한 어떤 단서를 그가 찾아낸 게 아닐까, 심장이 뛰었던 것이다. 그러나 그가 권하는 대로 들어가 의자에 앉자, 내가 지붕 밑에 있다는 사실이 무척 다행스럽게 느껴졌다. 이 시에스타에는 누구라도 지붕이 필요했다. 왜 세비야의 골목들이 건물과 건물 사이에 차양을 드리우는지 알 듯한 오후였다.

남자는 전화기를 들더니 내게 주정부 청사로 갈 거죠? 하고 물었다. 남자는 자신 앞에 있는 이방인이 타국의 주소를 들고 무작정 마차를 타기 전에, 그보다 먼저 행정 기관을 찾아갔으리라는 건 생각지 못하는 것 같았다. 관공서마다 결론은 비슷했다. 이런 거리 이름은 존재하지 않고, 스페인 전역에 두어 곳 이런 거리 이름이 있긴 한데, 그건 세비야가 아니라 한참 떨어진 다른 도시에 있는 거리였다. 그 주소들은 각 단어 단위로는 존재했으나, 그걸 다 조합해 두면 말이 안 되는 주소였다. 결과적으로 스페인 내 어디에도 존재하지 않는 주소였다. 주소 속의 숫자 0과 알파벳 O를 혼동한다거나 숫자 1과 7, 혹은 문자 I나 L을 착각할 여지에 대해서도 고려해 보았다. 그러나 그 어느 쪽으로도 이런 주소는 유효하지 않았다. 그건 세비야에 도착한 첫날의 일이었다. 그 후 며칠간 나는 무작정 택시나 음식점 주인들에게 주소를 보여 주곤 했으나, 그 주소를 안다는 사람이 없었다.

나는 일단 대성당으로 가겠노라고 말했다.

"대성당에 가면 콜럼버스 묘가 있는데, 봤어요?"

아직 그 내부에 들어가 본 적이 없지만, 봤노라고 대답했다. 그리고 이렇게 덧붙였다.

"그게 가짜라면서요."

그건 세비야에 오기 전에 우연히 읽은 이야기였다. 콜럼버스에 대한 이야기라기보다는 죽은 후에도 끊임없이 머리카락이나 묘에 대한 의심을 받는 이들의 이야기였다. 모차르트와 데카르트, 그리고 콜럼버스가 함께 있었다. 저 대성당에 있는 것이 콜럼버스가 맞다면, 그의 유골은 세 번 이장을 한 셈이었다. 사망 직후 스페인 성당에 있던 것을 그의 며느리가 도미니카공화국으로 이장한 게 첫 번째였고, 그것이 다시 쿠바로 옮겨졌다가, 다시 스페인의 세비야로 세 번째 이장이 된 것이다. 그러나 도미니카공화국의 주장에 따르면 스페인이 가져간 콜럼버스의 유해가 가짜였다고 한다. 여전히 콜럼버스는 도미니카에 누워 있다는 것이다. 사실 여부와 관계없이 지금도 사람들은 세비야의 콜럼버스 묘 앞에서 이게 실은 가짜인지도 모른데, 라는 말을 하곤 했다.

남자는 나에게 콜럼버스의 국적을 아느냐고 물었다. 내가 얼른 대답하지 못하자, 그가 이어 대답했다.

"보통은 이탈리아 사람으로 알고들 있지요. 제노바 출신의 방직공 아들로요."

"아, 이탈리아군요."

"그런데 그게 아니래요."

"그럼요?"

남자는 콜럼버스 사망 이후 그의 아들이 제노바로 갔던 이야기를 꺼냈다. 아버지의 전기를 쓰기 위해서였는데, 아들은 제노바에서 일가친척은 물론이고 아버지에 대한 어떤 정보도 발견할 수 없었다. 심지어 그 아들은 아버지가 이탈리아어를 쓰는 걸 본 기억도 없었다. 내가 흥미를 보이자, 남자는 이 시간에 자지 않고 깨어 있는 사람들은 도둑과 관광객 말고도 한 부류가 더 있다며 내게 술을 하겠느냐고 물었다. 그렇게 나는 두어 잔의 차가운 술과 함께 콜럼버스에 관한 이야기를 듣게 되었다. 모든 것은 생전에 콜럼버스가 자신의 출신지를 숨겼기 때문에 생겨난 것이었다.

그의 말에 따르면 콜럼버스에 대한 추측은 세비야의 골목들만큼이나 여러 갈래였다. 콜럼버스에게 의문을 제기하는 사람들은 대부분 제노바의 콜럼버스는 우리가 아는 그 콜럼버스가 아닌 동명이인일 거라고 말한다. 하나의 인간으로 볼 수 없을 만큼 교육 수준이나 성향부터 그 모든 것이 너무 달랐기 때문이다. 그에 대한 의혹과 동시에 어떤 사람들은 그가 '콜롬'이란 성을 쓰는 카탈루냐 귀족 가문의 서자였을 거라고 주장했다. 콜롬 가문이 스페인 왕과 적대적인 세력을 지원했기 때문에 신분을 숨길 수밖에 없었다는 얘기였다. 그런가 하면 콜럼버스가 유대인이라는 설도 있었다. 당시 종교 재판의 불길이 거세던 스페인에서 신분을 숨긴 이들은 대부분 유대인이었으니까. 콜럼버스의 필체를 보면 쉼표를 사선 형태로 쓰는 버릇이 보이는데, 그것 역시 당시 유대인들의 습관이었다. 포르투갈 귀족 가문의 서자라는 말도 있었고, 교황과 로마 여인 사이 불륜의 산물이란 말도 있었다. 어떤 이는 그가 진정한 폴란드인이라고 말했고, 스코틀랜드나 리투아니아 황실의 핏줄이란 말도 있었다.

세비야는 온갖 허상이 실재처럼 모이는 곳인가. 백일몽처럼 들려온 콜럼버스의 이야기는 여러모로 아버지의 것과 닮아 있었다. 아버지도 콜럼버스처럼 여기에 존재했는지, 언제 어디서 온 사람인지 알 수 없었다.

서른 살이 되는 동안 종종 내 친부모를 안다는 이들에게서 연락이 왔다. 버려졌든 실종되었든 두 살 이전에 부모로부터 떨어져 나간 자식에게는 가혹하다 싶을 정도로 끈질기게 부모에 관한 이야기가 들려왔다. 물론 내가 그 소식들에 귀를 기울였기 때문이지만. 어떨 때는 아버지였고 또 어떨 때는 어머니였으나 결과적으로 그중에 진짜는 없었다. 접선할 수 있는 영역들이 넓어질수록 진짜를 찾을 확률은 더 적어졌다. 매해 생일이 돌아올 때마다 나는 꼭 일 년씩 내 친부모를 찾을 확률로부터 멀어지는 기분을 느꼈다. 어릴 때는 왜 친부모를 찾아야 하는지에 대해 양부모가 오히려 나를 설득했다. 그들은 내게 뿌리와 역사는 중요한 거라고 했다. 사춘기가 지나서는 어떤 오기나 습관처럼 친부모를 찾아 댔다. 친부모의 존재를 잊고 지낸 적도 있었고, 표면적으로 그러지 않을 때와 큰 차이는 없었다. 그러다 지금은 정말 궁금해졌다. 이를테면 내가 틀어진 자세를 교정하러 갔을 때, 마사지사는 내 골반을 교정하다 말고 어릴 때 많이 업히셨나봐요, 라고 말했다. 어릴 때 많이 업힌 아기들은 골반이 벌어진다는 것인데, 그런 말을 들을 때면 내가 누구의 등에 그렇게 업혔는가에 대해 생각하지 않을 수 없는 것이다. 그건 내 양부모일 수도 있지만 친부모일 수도 있다. '체질'이라든가 '유전'이라든가 하는 말들을 마주칠 때면 새삼 나의 그것들은 어디서 기인했는지를 거슬러 오르게 되는 것이다. 그래서 지금은 그들이 궁금해졌다. 나를 낳은 사람들은 어떻게 생겼는지, 어떤 목소리를 가졌는지, 어떤 성향의 사람들인지 궁금해진 것이다. 내가 감정의 굴곡을 몇 번이나 겪는 동안 변치 않는 명제는 하나뿐이었다. 삼십 년 동안 친부모는 나를 한 번도 찾은 적이 없다는 것. 적어도 나만큼 적극적이진 않았다는 것. 그랬다면 이렇게 모든 구멍을 열어 놓고 있는 내게 소식이 닿지 않았을 리 없다는 것.

그 변치 않는 명제들을 떠올리면 그만둘 법도 한데, 나는 또 친부의 주소라고 알려진 그것을 받아 적었던 것이다. 이번에는 스페인이었다. 한 번도 그들이 한국을 벗어나 있을 거라고는 생각해 본 적이 없어서 낯설었고, 그러면서도 한편으로는 지금까지의 헛걸음과는 다를 거라는 기대감이 생겼다. 여름휴가에 연차를 더 붙여서 열흘의 휴가를 만들었다. 직장 동료는 내가 스페인으로 휴가를 간다고 하자 부럽다고 했다.

남자의 말에 따르면 몇 세기 동안 계속되어 오던 콜럼버스에 대한 논쟁들이 드디어 검증의 시간을 만난 게 지난 2003년이었다. 세비야 대성당에서는 단 육 일의 시간을 제공했고, 콜럼버스의 직계 후손들이 보는 앞에서 그라나다대학의 연구 팀이 콜럼버스의 유해를 건네받았다. 나는 조금 놀라서 되물었다.

"묘를 파헤쳤다고요?"

"그 방법밖에 없으니까요."

스페인, 이탈리아, 포르투갈 등지에서 콜롬이나 콜롬보, 콜론 같은 성씨를 가진 사람들 천여 명이 자신의 DNA를 자료로 제공했다. 스페인에서는 콜럼버스라는 이름보다는 콜롬이라고 자주 불렸다고 했다. 콜롬, 콜론, 콜롬보, 그런 성들은 결국 콜럼버스와 동

일하거나 아주 유사한 변종들이었으므로 그의 후손일 가능성이 높았다. 성씨가 다르더라도 콜럼버스가 자신의 조상이라고 주장하는 사람들도 DNA를 연구진에게 보내왔다. 나는 일면식도 없던 이들의 타액과 머리카락, 숟가락이나 칫솔이 한데 엉켜 뒹구는 장면을 떠올렸다. 남자는 자신의 이름도 콜롬이라고 했다. 그 역시 한 방울의 침을 연구진에게 보낸 사람이었다.

"콜럼버스의 직계 후손들, 그라나다대학의 연구진들, 그리고 언론이 보는 앞에서 콜럼버스 유골함의 고대 열쇠가 등장했지요. 그리고 관이 열렸습니다."

콜럼버스의 관이 열린 대목에서 전화벨이 울렸고, 택시가 골목 앞에 도착했다. 나는 뜨겁게 달궈진 택시에 올라탔다.

불면에 시달리는 나와 달리 이 도시는 하루에 두 번도 더 잠들었다. 오후의 몇 시간, 그리고 밤의 몇 시간. 나는 어떤 쪽으로도 이 도시에 흡수되지 못하고 거리의 먼지처럼 떠다녔다. 땅이 가장 뜨겁게 달궈진 오후, 그 몇 시간의 공백에는 노면 전차의 철로만 태양 아래서 뜨거운 숨을 쉬었다. 도심의 풍경이 한순간, 마치 퓨즈가 나간 것처럼 뚝 끊기는 것이다. 그러고는 관광객들만 이 잠든 도시를 순례한다. 바로 지금과 같은 순간을 걷고 있으면, 어느 순간 단지 빛만으로 귀가 멀어 버릴 것 같은 기분에 휩싸이곤 했다. 둥근 고막에서 마지막 소리가 길게 빠져나가는 것을 느끼면서, 나는 기어코 혼자가 되곤 했다.

세비야로 떠나오기 전에도 뒤척인 밤들이 있었고, 이 불면증의 기원이 어디인지 헤아려 보는 건 너무 아득한 일이었다. 그러던 것이 일주일 전, 이 낯선 도시에 도착한 후부터는 보란 듯이 잠을 생략하고 있었다. 시차 때문이라고 볼 수는 없었다. 오늘도 나는 일찍 깨어났다고 해야 할지, 아직 잠들지 못했다고 해야 할지 모호한 시간에 일어나 저만치 동이 터 오는 과달키비르강을 바라보았다. 아니, 이건 과장된 표현인지도 몰랐다. 내가 머무는 호텔은 세비야 기차역에 가까이 있어서 이곳 창문에서 볼 수 있는 건 호텔 앞의 대로와 건너편의 다른 호텔들 정도였다. 강은 호텔에서 보이지 않았다. 그러나 이 길을 따라 구시가로 들어가면 어느 틈에 따라붙은 강을 발견할 수 있을 것이라고 생각했고, 정말 조식을 먹자마자 그 길을 따라 강을 따라 구시가로 들어왔던 것이다. 구시가에서 택시를 잡느라 한참을 소진했고, 마차 한 대를 만났고, 엉뚱한 집을 거쳐서 다시 대성당으로 왔을 때도 태양은 그대로였다.

대성당의 남쪽 모서리에 콜럼버스의 관이 있었다. 네 명의 스페인 왕이 관의 네 귀퉁이를 받들고 있는 형태였다. 이건 자신의 몸을 스페인 땅에 닿게 하지 말라던 그의 유언에 충실한 구조였다. 나는 그 공중에 떠 있는 관을 한참 바라보았다. 저 아래, 콜럼버스의 유골함 안에는 모두 세 종류의 뼈가 들어 있었다. 하나는 콜럼버스의 것, 다른 하나는 그의 형제 디에고, 다른 하나는 그의 아들 페르난도의 것이었다. 그중에 콜럼버스의 것이 가장 개수도 적고 크기도 작았다. 뼈에서 어떤 기원을 읽어 내기 위해서는 뼈를 가루화해야 했다. 허락받은 엿새 동안 콜럼버스의 유골은 전문가에 의해 하나씩 조심스럽게 부수어졌다. 이 뼈에서 추출한 DNA가 수천 명의 준비된 DNA와 일치하는지의 여부를 알아봐야 하는데, 단서는 쉽게 나타나지 않았다.

관 앞에 서서 나는 보이지 않는 뼛조각을 더듬었다. 그리고 그걸 하나씩 부수었다. 뼈가 가루가 되면 그 안에서 어떤 이야기가 쏟아지는가. 내가 읽어 낼 수 있는 무언가가 있긴 있는가. 지난 일주일, 세비야에서의 동선은 다 아버지의 행보를 되밟는 것이었는데, 그 동선에서 확인할 수 있었던 건 여기에 정말 그가 살았을까, 하는 의구심뿐이었다. 나는 지금 내 아버지의 것인지 아닌지도 확실치 않은 뼈를 하나씩 부수면서 어떤 흔적을 찾으려 애쓰고 있었다. 남은 뼈는 충분하지 않았다. 엿새의 시간도 절반 이상 흘러가 있었다. 콜럼버스 연구 팀은 결국 좀 더 명확한 결과를 위해 미국행을 택했다. 콜럼버스는 오래전에 그랬던 것처럼, 대서양을 건너게 되었다. 살은 이미 증발한 채로, 몇 조각의 뼈만 남은 형태로.

모두 잠든 낮, 잠들지 못한 나는 단지 상상할 뿐이다. 콜럼버스의 대장정을. 1492년의 그것이 아닌, 2003년의 그것을. 대서양을 건너는 몇 조각의 뼈를. 그 뼈는 과연 당대의 권력자 콜럼버스의 것인가, 아니면 도미니카에서 잘못 공수된 엉뚱한 사람의 뼈인가.

이제 어디로. 멍하니 들린 관을 바라보고 있을 때 한국 여자 둘이서 일단 탑부터 봐야 돼, 탑부터, 라고 말하는 소리가 들렸다. 그들의 뒤를 따라 나도 탑으로 올라가기로 했다. 줄은 길었다. 그러나 앞사람의 등짝과 엉덩이를 보고 올라가는 동안에는 차라리 마음이 평온했다. 그렇게 올라선 히랄다 탑에서는 세비야의 전경이 아주 낮은 무엇처럼 저 아래 있었다. 나는 그곳에서 이제 막 시에스타를 끝내고 저녁을 준비하는 거리를 가만히 바라보았다. 아버지도 언젠가 이곳에 왔었을까. 체류자인지 거주자인지, 어떤 형태로든지, 이 도시에 머물렀다면, 그도 대성당을 보고 줄을 서고 탑에 올랐을까. 카메라 셔터를 누르고 어쩌면 저 관광용 마차에 몸을 싣기도 했을까. 혼자가 아니었을지도 모르고, 다른 누군가의 좋은 아버지나 남편이었을지도 모른다. 나는 그에 대해 상상하는 것이 전혀 불편하지 않다. 그에게 딸이 있고 아들이 있고 아내가 있는 상상을 하는 것도 어색하지 않다. 나는 그를 아버지라고 충분히 부를 수 있다. 그 모든 건 내가 그를 한 번도 만난 적이 없기 때문이었다. 그는 한 번도 내 삶에 있어서 실물인 적이 없어서, 그저 막연했기 때문에, '아버지'라는 말을 아무리 붙여도 도무지 내 살처럼 울컥하지가 않았다.

이곳 호텔 직원들은 과로에 시달리는 게 분명했다. 그러지 않고서야 그렇게 모든 일 처리가 느릴 수가. 어떤 사람은 자신이 부탁한 일을 재촉하려고 프런트에 왔다가 여긴 미국이 아니야, 라는 말을 들어야 했다. 나도 진녹색 수첩 속의 주소를 프런트의 여자에게 내밀며 여긴 세비야가 맞나요, 라고 물었다. 여자는 수첩을 보더니 컴퓨터에 뭔가를 두드리기 시작했다. 그러고서 퉁명스럽게 말했다. 세비야라고 쓰여 있잖아요, 주소에.

"그러네요."

나는 이제야 세비야란 활자를 읽은 사람처럼 수첩을 건네받고는 돌아섰다. 그때 프런트의 여자가 다시 내게 말했다.

"그런데 그 주소는 없겠죠, 그건 옛날 주소일 테니까."

세비야의 주소 체계가 크게 바뀐 적이 몇 차례 있었다고 말해 준 이는 호텔 프런트의 그 퉁명스러운 직원이었다. 주정부 청사에 가서 이것이 예전 주소인 것 같다고 말하니 그들은 거짓말처럼 누구도 알지 못하던 그 주소를 통용될 수 있는 주소로 번역해 주었다. 왜 이렇게 간단한 것을 그때는 해 주지 못했는가 생각하면 이 관공서의 행정 처리 능력에 화가 치밀어 올랐지만, 이 청사에 밀려드는 민원의 규모는 상상 이상이었다. 어쨌거나 나는 새 주소를 확보한 셈이었다. 그건 누구나 읽을 수 있는 주소였다. 택시는 주소를 보고 이리저리 이동했고 더 이상 차로 들어갈 수 없는 길목 앞에 나를 내려 주었다. 이제 이 길에서 74번지를 찾기만 하면 되는 거였다. 나는 걷기 시작했다.

공교롭게도 이 주소는 소문의 발원지였던 나눔원으로부터 친부의 소식을 찾았다는 연락이 온 직후에 받은 것이었다. 그곳에서는 내 친부로 추정되는 인물의 사망 기록을 발견했고, 내가 찾고 있던 주소는 아무래도 오류에 의한 것으로 친부는 죽을 때까지 한국을 떠난 적이 없다고 했다. 그가 죽은 시기는 오 년 전. 뭔가에 홀린 것 같았다. 그럼 내가 손에 넣은 이 주소는, 이 뜬금없는 스페인행의 초대장은 누구의 것이란 말인가. 그걸 단지 '오류'라고 말할 수 있단 말인가. 홀린 것은 내 기분일 뿐, 모든 퍼즐은 이제 맞춰지고 있었다. 나는 이제 한국으로 돌아가면 되는 것이었다. 비행기는 모레 아침이었다. 내게는 단 이틀밖에 시간이 없었다. 열흘의 휴가는 말도 안 되는 주소를 찾는 데 알차게 소진되었다. 그러나 내게는 사실 여부와 관계없이 믿고 싶은 이야기가 있었다. 이 상황에서 나는 묘하게 콜럼버스 이야기의 결말을 떠올렸다. 대성당의 유골이 진짜 콜럼버스의 것이라고 밝혀졌음에도 불구하고, 도미니카에서는 자신들이 콜럼버스라 주장하는 유골을 밝히기를 거부했다. 그것이 만약 가짜로 밝혀진다면 그 콜럼버스 무덤 앞 등대를 건설할 때 발생한 수많은 인명 피해와 그밖의 피해들을 이제 와서 어떻게 해야 한단 말인가. 나도 지금 도미니카의 입장에 놓인 것 같았다. 할 수만 있다면 아버지의 묘를 열어 그의 얼굴을 확인하고 싶은 충동을 느꼈다. 그러나 어떤 얼굴이 있다 해도 내가 그것을 어떻게 읽어 내야 할지 알 수 없다는 게 두려웠다. 나는 차라리 믿고 싶은 쪽으로 가고 싶었다.

새 주소에 부합하는 골목. 그러나 그곳에서 십 분이 채 지나기 전에 내가 느낀 것은 이 거리가 아닐 거라는 확신이었다. 내게 처음 문을 열어 준 주소의 주인은 아버지와 전혀 관련이 없는 사람이었다. 사실 아버지와 관련이 있다 해도 내가 그를 알아볼 방법은 없었다. 어떤 이는 내게 찾는 사람이 누구냐고 물었는데, 나도 그게 누구인지 이젠 알 수가 없었다. 그 골목에서 나는 마치 이물질 같았다. 골목은 끝없이 이어져 이미 내가 처음 들어왔던 그 거리 이름은 사라진 후였다. 골목이 바뀌어도 변하지 않는 사실은 여기엔 아무도 없다는 거였다. 나는 걷기 시작했다. 오후 일곱 시. 하나둘 집집마다 오렌지빛의 불을 켜고 저녁을 준비하는 시간에도 걷고 있었다. 이제는 시내로 나가고 싶어도 택시를 잡아탈 수 있는 어떤 곳으로 가고 싶어도 출구가 보이지 않았다. 멈춰 서서 지금 내가 걸어온 길을 돌아보았다. 내가 왜 여기에 서 있는지 알 수 없었다. 어디에도 신대륙처럼 융기하는 그런 길은 나타나지 않았다. 오래전부터 이곳에서 살았노라, 단지 네가 지금 발견했을 뿐이라, 말해 주는 그런 집은 어디에도 없었다. 아무도 나타나지 않은 채로 기어코 해는 떨어졌다.

"이런, 그때 그 아가씨 아닌가? 관광객도 아니고 도둑도 아니신분."

익숙한 목소리와 표정의 남자가 내 앞에 서 있었다. 콜롬이었다. 그의 등장으로 미로 같던 동네에서 갑자기 익숙한 표식들이 들어오기 시작했다. 이번엔 그때 시작했던 골목의 정반대 쪽에서부터 그 골목을 바라볼 수 있었다. 64, 66, 68, 70, 72, 그리고 74.

초록색 대문의 집, 다시 네 개의 창문, 노란 우체통, 골목을 따라 가지런한 물의 길. 나는 다른 경로로 출발했는데도 또 이 집 앞에 도달해 있는 스스로가 민망하고 이상해서 어색하게 웃었다. 웃다가 일그러지다가, 울고 말았다. 이곳의 태양과 미로 같은 골목, 그리고 실체 없는 주소 속에서 지치고 지쳐 뭐라도 몸 밖으로 밀어내야 했던 것이다. 팽팽한 근육처럼 건강하던 기대감이 갑자기 인대가 파열되듯이 끊어져 너덜너덜해진 것만 같았다. 콜롬이 다가와 내 어깨를 두드리며 말했다.

"우리 이렇게 합시다. 일단 당신이 전화번호를 주시겠어요, 아니면 제가 집까지 따라갈까요?"

그건 스페인어 억양을 흉내 낸 익살스러운 영어였다. 내 머릿속에서도 스페인어 표현으로는 남아 있지 않고 번역어로만 남아 있는 문장이었다. 그는 나에게 운이 정말 좋다고 말했다. 오늘은 그의 가족들이 함께 식사를 하는 날이라는 것이다. 가깝게는 바로 옆 골목에서부터, 멀게는 하엔에서까지 가족들이 이곳으로 모인다고 했다. 그러고 보니 집 안에서 어떤 소리들이, 어떤 불빛들이 새어 나오는 것 같았다. 콜롬이 문을 열고 내게 먼저 들어가라는 시늉을 했다. 집 안의 모든 것이 입체적이었다. 수많은 시선이 나를 쳐다보았다. 이 낯선 사람들 속에서 허기가 느껴진다는 게 정말 놀라운 일이었다.

노란색 테이블 위에 열 명 남짓한 사람들이 둘러앉았다. 콜롬이 나를 가족들에게 소개했다.

"얼마 전에 내게 휴대 전화로 고백을 하려고 했던 아가씨야. 그런데 휴대 전화에서 남자 목소리가 튀어나와서 누구의 고백인지 헷갈렸지."

내가 그 쾌활한 남자의 목소리를 다시 들려주자, 콜롬의 가족들이 웃었다. 콜롬은 두 가지 언어로 얘기했다. 나를 위한 영어, 그리고 그의 가족들을 위한 스페인어. 그런 동시통역의 과정은 마치 돌림 노래를 부르는 것처럼 느껴졌다. 가족 중에 누가 스페인어로 뭐라 말을 하면, 그 말을 이해하는 사람들이 우르르 웃고, 콜롬이 그 말을 영어로 바꿔 말하면, 내가 뒤늦게 따라 웃는 식이었다. 내 웃음을 다른 사람들이 알아듣는 데는 어떤 통역의 과정도 필요하지 않았다. 콜롬의 가족들은 관광객도 아니고 도둑도 아닌 이방인이 자신들의 말에 활짝 웃는다는 사실 자체가 즐거운지 또 우르르 웃었다. 대화보다 더 본능적인 리듬에 가까운 그런 시간이었다.

콜롬이 내게 애인을 만났느냐고 물었는데, 나는 아버지를 찾지 못했다고 대답했다. 그건 동문서답이었지만 사실이었다. 나는 며칠째, 일주일이 넘도록 잠을 제대로 자지 못했다고 말했고, 이곳은 너무 덥지만 한편으로는 자꾸 팔에 소름이 돋는다고도 말했다. 이곳의 음식들은 맛있지만 너무 짜고, 빠에야는 한국에서 더 맛있게 먹었던 것 같다고. 태양은 모든 것을 녹일 것 같아서 축복이라기보다는 고문에 가깝다고. 그 모든 것 중에 최악은 나를 비롯해서 누구도 주소를 제대로 볼 줄 모른다는 거라고. 오늘도 그 주소를 찾다가 결국은 미로에 갇혀 버렸고, 스페인의 골목은 너무…… 외롭다고. 거리 곳곳에서 구애 중인 사람들이 있고, 거리 자체가 사람들에게 구애하는 것도 같지만 그 모든 것에서 나는 소외되어 있다고. 내가 여기에 와 있는 이유를 잊어버렸다고. 나는 마치 다른 사람이 말하는 것을 말리지 못하고 지켜보듯 내 입에서 터져 나오는 말들을 단지, 들었다. 울지 않기 위해서는 말해야 했다. 이건 말이라기보다는 구토에 가까운 행위였는데 콜롬은 내 감정의 배설조차도 열심히 통역하고 있었다. 콜롬의 가족들은 진지하게 내 이야기를 들었고, 내 마지막 한 방울의 말까지 모두 들어 주려고 애썼다. 통역에 통역을 거듭해서 돌아온 답은 꽤 따뜻했다.

"그래서 우리가 이렇게 만난 거 아니겠어요. 다행이네요."

"모든 일에는 이유가 있을 테니까요. 아가씨는 이 미로를 거칠 수밖에 없는 운명인 거예요."

"세비야는 세련된 곳이 아니지만, 그래도 따뜻한 곳이에요."

그들은 저마다 한 마디씩 내게 말을 전하려고 애썼다. 그리고 자신들의 이야기를 들어 보라고 했다. 나는 신선한 여름 수프를 먹으며 그들의 이야기를 들었다. 콜롬과 그의 두 남동생, 그리고 두 명의 누나까지 이들 다섯 남매는 일찌감치 한 아버지의 자식들이 아니라는 걸 알고 있었다. 그들 중 두 사람 정도는 아버지가 달랐다. 그걸 모르는 이는 없었지만 그들은 자신들의 아버지가 다르다는 사실을 의심할 만큼 외모도 성격도 닮았다. 그들의 우애와 화목을 만든 건 서류상으로 그들 모두의 아버지였던 사람이었다. 그 아버지는 가끔 자신의 친자식이 누구였는지 잊어버렸고, 그걸 다시 기억할 필요가 없다고 생각했다. 그들 다섯 남매는 이미 모두 그의 자식들이었다. 아버지가 병환으로 누웠을 때, 텔레비전에서는 연일 콜럼버스의 뿌리 찾기에 대해 보도하고 있었고 그들은 날마다 그 이슈를 지켜보았다.

그건 그렇게 한 방울의 침으로 시작되었다. 다섯 남매는 자신들의 타액과 머리카락을, 그리고 아버지의 것을 그 연구진에게 보냈다. 그들은 콜럼버스가 자신들의 조상일 거라고 생각하지 않았지만 아버지가 흥미로워했기 때문에 그를 위한 이벤트로 동참했다. 당시 연구진에게 DNA를 제공한 사람들, 그 수많은 잠정적 콜럼버스 후손들은 어서 연구 결과가 나오길 기다렸지만, 연구진은 계속 뜸을 들였다. 일부러 그런 것은 아니겠지만 결말은 어려웠다. 오히려 DNA 검사보다는 콜럼버스의 편지나 서류 등에 남은 그의 필체나 언어 습관에 주목한 언어학 연구 쪽이 더 믿을 만한 결과들을 내고 있었다.

"결국 그 그라나다 연구 팀에서 결론을 냈는데 그게 뭐였는지 알아요?"

콜롬이 묻고 그들의 가족들이 대답했다.

"과학은 시간으로 완성된다."

한바탕 웃음이 터졌다.

"결국 과학은 시간만이 증명할 수 있다는 거였죠. 연구진은 언젠가 우리가 더 나은 기술을 갖게 되었을 때, 그때 또 한 번 콜럼버스의 뼈를 증명할 기회가 오길 바란다고 했어요."

"그때면 이미 콜럼버스의 뼈가 삭아 있겠지. 지금보다 더."

"결국 다시 그 관을 여는 일은 없을 거야."

콜럼버스의 뼈가 삭아 가는 시간과 과학 기술이 진보하는 시간 사이에 지금이 있었다. 시간 앞에 모든 것은 다시 봉인되었고, 콜럼버스의 유해는 몇 조각 더 가루가 되어 버린 채로 귀환했다. 연구진이 수많은 뼈들을 조사한 결과 밝혀낸 사실은 두 가지였다. 하나는 콜럼버스가 유대인의 형질을 갖고 있지는 않았다는 점, 그리고 또 하나는 콜럼버스의 DNA에서 어떤 특징을 발견했지만, 그건 다른 모든 DNA 제공자들, 그러니까 포르투갈과 이탈리아와 스페인의 다양한 DNA 제공자들의 것과 공통적으로 일치해서, 아무런 힌트가 되지 못했다는 점이었다. 결과로만 보자면 콜럼버스는 그들 누구의 조상도 될 수 있는 셈이었다.

그 뭉뚱그려진 해석에 위로를 받은 건 이들, 콜롬 가족뿐일지도 몰랐다. 적어도 그들은 아버지가 병상에서 그 결과를 확인할 수 있었다는 사실에 안도했다. 그 결과를 본 후, 오랜만에 그들은 아버지가 편안하게 잠든 모습을 지켜볼 수 있었다. 그건 그가 죽기 직전에 마지막으로 즐긴 시에스타였다.

"아버지는 늘 말했지, 시에스타는 도둑처럼 온다고. 정말 도둑처럼 갑자기 시에스타가 왔고, 아버지가 아주 편안한 모습으로 잠든 걸 나는 한참을 지켜봤어. 꼭 아버지는 '그럴 줄 알았어. 우리 사이에 차이가 있을 리가 없잖아.'라고 생각하는 듯했어."

그게 아버지의 마지막 낮잠이었다. 잠깐 깨어나 저녁을 먹은 후, 아버지는 영원한 잠에 빠졌다. 다섯 남매 모두를 콜럼버스의 형제들로 묶어 둔 후에.

두 번째 메뉴가 나왔고 세 번째 메뉴가 나왔다. 이 사람에서 저 사람으로 옮겨지던 후추 통처럼 내 진녹색 수첩도 이 손에서 저 손으로 옮겨지다가, 누군가의 말에 콜롬이 소리쳤다.

"이 주소를 안대!"

일행 중 가장 나이가 많은, 콜롬의 누나였다. 그녀는 이 주소를 알 것 같다며 콜롬에게 뭐라고 중얼거렸다.

"이 주소는 지도 위에 있는 게 아니라 기타 위에 있는 거라 네요."

콜롬이 누나에게 기타를 가져다주었다. 그녀는 의자를 조금 뒤로 빼고는 능숙하게 기타를 잡았다. 세비야 어디에도 붙어 있지 않던 그 조각난 주소는 노랫말이었다. 그녀가 노랫말을 냅킨 위에 재빨리 적었고, 그것을 콜롬은 다시 영어로 적어 주었다. 그렇게 번역의 단계를 거친 노랫말이 내 앞으로 도달한 것을 확인한 다음, 그녀는 노래를 시작했다.

내 집은 여기 안달루시아

그중에서도 세비야 미스테솔 거리 74번지

어떻게 여기로 왔는지

이야기하려면 좀 길지

오랫동안 너를 보지 못했지

수많은 밤이 흘러갔지

그러나 밤은 테이블일 뿐

긴 밤은 조금 더 긴 테이블일 뿐

너와 나는 그때부터 지금까지 아주 긴 밤을 사이에 두고

조금 떨어져 있을 뿐

결국은 하나의 테이블에 마주 앉아 있네

그 사실을 기억하는 건 오로지 잠들 때뿐

나에겐 잠이 필요해

너에게도 잠이 필요해

몇 모금의 와인이 내 배꼽 부분에서 목구멍 쪽을 향해 다시 거슬러 오르는 듯했다. 그건 함부로 뱉어 낼 수 없는 뜨겁고 뜨거운 어떤 것이었다. 단지 그 감정 하나로 이 세비야 골목들과 내가 건넌 몇 개의 바다와 낯선 국경들이 모두 합당한 것이 되고도 남을 것 같았다. 여행을 처음 시작했을 때, 나는 이것이 여행이라고 생각하지 못했다. 숙제, 아니 차라리 연행에 가까운 어떤 행로였다. 그러나 그녀의 노래를 듣는 동안 내 안에서 어떤 공기가 역류했고, 비로소 나는 편안해졌다. 노래가 끝나자, 콜롬 가족들은 나에게 아버지가 이 곡을 들려주고 싶었던 모양,이라고 말해 주었다. 이 수첩 속 주소가 내게 온 데에는 바로 그런 이유가 있었던 모양,이었다.

오렌지나무가 흔한 도시, 세비야에서는 모든 것이 오렌지처럼 가볍게 걸려 있다. 어느 골목에서는 기타가 오렌지나무의 오렌지처럼 가볍게, 어느 골목에서는 두툼한 하몽이 오렌지처럼 가볍게. 태양조차 가로수 열매의 하나처럼 흔하게 걸려 있는 이곳에서 가벼워질 수 없는 건 없다.

세상에 존재하지 않는 주소를 위해 헤매고 또 헤맬지 모르는 나를 위해 그 가족들이 융통성을 발휘한 건 그 집을 떠나온 후에야 알았다. 그 노래 속 주소는 때에 따라 유연하게 바뀌기도 하는 셈이었다. 그날은 세비야 미스테솔 거리 74번지였지만, 다른 날은 또 다른 주소가 될 수 있었고, 자주 주인이 바뀌는 가게의 간판처럼 그 주소는 가볍게 교체될 수 있었다. 그러나 그 사실이 내가 받은 그날의 전율을 뒤늦게 흐려 놓는 일은 벌어지지 않았다. 내가 찾던 주소, 그러니까 내 아버지의 집은 노래 안에 있었다. 나는 그 이국의 언어를, 그러나 아버지에겐 이웃 같았을 그 노랫말들을 선굵은 가락 위에서 꼭꼭 씹어 삼켰다. 아버지는 그 밤, 거기에 있었다. 노래 속에 살았다. 그 노래 가사가 일회성의 임시 간판이었다고 하더라도, 그 밤의 전율은 사라지는 게 아니었다. 그 노란 식탁보 앞의 조그마한 무대, 그 밤의 타블라오를 떠올리면 여전히 나는 포만감을 느낀다.

그 포만감으로 세비야의 마지막 하루, 나는 이 도시를 돌아볼 힘을 가질 수 있었다. 그 열흘 동안 내 행보가 궁금할 게 분명하지만 연락하지 않은, 날 길러 준 양부모에게도 연락할 힘을 가질 수 있었다. 그들은 다른 것에 대해 묻지 않고 단지 세비야가 어떠냐고 물었다. 나는 따뜻하다고 대답했다. 그들은 맛있는 걸 많이 먹고 오라고 했다. 나는 그러겠다고 대답을 했다. 짧은 통화였지만 우리는, 목소리만으로도 많은 걸 읽어 낼 수 있었다.

마침 호텔 앞에서 익숙한 마차를 발견했다. 고삐를 쥔 사람의 얼굴까지 기억하지는 못해서 확인할 길은 없지만, 분명 마차 한 대가 거기서 졸고 있었다. 내가 가까이 가자 사람보다 말이 먼저 나를 알아보았다. 갓 잠에서 깨어난 말은 나를 보고 몸을 두어 번 흔들어 제 주인을 깨웠다. 일어난 마부는 나를 보고 정말 오래 기다리고 있었다는 듯, 아무렇지 않게 말했다.

"이제 관광을 하셔야죠?"

"대성당에 가고 싶은데, 거긴 먼가요?"

고삐를 쥐고 있던 남자는 웃었다.

"온 만큼 가면 되죠. 아까 탔던 곳이 대성당 뒤쪽이잖아요."

나는 대성당에서 마차를 탄 적이 없지만, 그럴 수도 있다고 생각했다. 혹시 또 누군가가 노래 속 주소를 찾아 이 골목으로 들어갔을지도. 마차는 마침내 익숙한 목적지를 찾았다는 듯, 경쾌하게 달리기 시작했다. 과달키비르강이 흘러가고, 황금의 탑이 솟아나고, 스페인 광장이 더 둥글어졌다. 나는 남자가 추천하는 음식점 중 한 곳으로 가보기로 했다. 남자는 내가 관광객의 동선을 충실하게 따른다는 사실에 흥이 난 것 같았다. 그러나 우리가 도착한 가게는 막 휴식을 알리는 푯말을 내건 뒤였다. 그 옆 가게도 마찬가지였다. 남자는 다음 골목에 더 좋은 곳이 있을 거라고 했다.

마차는 잠들기 시작하는 골목 위를 성실하게 달렸다. 자동 센서가 부착된 복도를 걸어가는 것처럼, 마차와 마차의 그림자가 지나가면 자동적으로 그 골목의 집들이, 휴식에 빠져들었다. 그렇게 도미노 쓰러지듯, 하나둘 오후의 잠에 빠져드는 도시에서 조금씩 말발굽 소리가 느려지고 있었다. 이 발과 저 발 사이에 간극이 점점 더 길어졌고, 마침내 말이 멈췄다. 고개를 떨군 말의 갈기를 촘촘한 햇빛이 빗질하기 시작했다. 곧 마차의 네 바퀴가 말을 따라 세비야의 오후에 순응했고, 그림자가 조금 더 길어졌고, 마차는 조금 더 느려졌다. 태양이 조금 더 지면에 가깝게 내려앉았고, 나에게도 도둑이 왔다. 나는 적당히 데워진 태양 속을 서서히 통과하면서 잠들기 시작했다. 이미 졸고 있는 마차를 타고, 한없이 느리게.

기준영

2009년 단편 소설 「제니」로 문학동네신인상을 받으며 작품 활동을 시작했다. 소설집 『연애소설』, 『이상한 정열』, 『사치와 고요』, 장편 소설 『와일드 펀치』, 『우리가 통과한 밤』 등을 썼다. 창비장편소설상, 젊은작가상 등을 수상했다.

03

망아지 제이슨

소년의 이름은 태은이었다. 일곱 살치고는 자그마한 편이었고, 동그란 얼굴에 콧대가 길고 인중이 짧았다. 길고 검은 앞 머리칼 몇 가닥이 눈을 덮고 있어 감정이 잘 드러나 보이지 않았다.

"태은아, 반가워. 당분간 여기서 나랑 일리아랑 같이 지내게 될 텐데 괜찮겠니?"

나는 조심스레 말을 붙이며 태은과 태은을 데려온 줄리를 집 안으로 들였다. 줄리는 중년의 재미 교포로 지난주 나와의 통화에서 자신을 태은 아빠의 친구라고 밝혔다.

"말썽 부리는 일은 없을 거예요."

줄리가 태은을 앞세우며 약간 쉰 목소리로 말했다. 나는 허리를 굽혀 태은의 눈높이에 시선을 맞추었다.

"난 동희야. 항아 친구 동희."

태은이 그제야 입을 뗐다.

"재영이 인형이랑 같네…….."

"아, 인형에 이름을 붙였어?"

"네, 재영이가요. 하얀 코끼리인데, 금색 조끼를 입고 있어요."

"영물인가 보구나."

"영험하다는 뜻이죠?"

"영험이란 말도 알아?"

그러자 줄리가 끼어들었다.

"표현력이 좋은 애예요. 친해지면 수다스러워져요."

나는 줄리와 태은을 거실 소파 쪽으로 안내하고 냉장고에서 오렌지주스를 꺼내 왔다. 줄리가 둘러메고 온 에코 백을 바닥에 내려놓고서 태은과 갈색 가죽 소파에 자리 잡았다. 유리잔에 주스를 따라 건네자 태은이 단숨에 꿀꺽꿀꺽 다 들이켜더니 빈 잔을 내밀었다.

"더 마실래?"

"아뇨."

태은이 고개를 가로저었다. 앞 머리칼이 흐트러지면서 작고 까만 두 눈동자가 드러났다.

"잘 부탁합니다. 항아 씨한테 들어 아시겠지만, 태은이 아빠 검사 결과가 별로 좋지 않아요. 수술이 최선인지 더 알아보겠다고 해요."

줄리가 담담히 이런 말을 늘어놓는 동안, 태은은 양 손가락으로 박자라도 타는 것처럼 제 무릎을 톡톡 건드리다가 창 쪽으로 고개를 돌리고는 동작을 멈추었다. 나도 태은을 따라 눈길을 옮겼다. 옆집 여자가 하얀 사모예드를 데리고 산책을 나서는 모습이 보였다.

"지난달에 이리로 이사 왔다더라. 낯선 사람이 집 가까이 다가가면 크게 짖으니까 요 앞에서 마주치게 될 때는 조심하도록 해. 놀라지 말라고 알려 주는 거니까 미리 겁먹진 말고."

태은이 고개를 끄덕이며 "네." 하고 대답했다. 줄리가 그 모양을 흘깃 훑더니 텔레비전보다야 개가 낫다는 말을 보탰다. 자기 이웃은 밤마다 쇼 프로그램의 볼륨을 높인다면서.

"난 이제 가 봐야겠어요."

줄리가 자리에서 일어났다. 그녀는 바닥에 놓인 에코 백을 가리키며 거기 태은의 짐이 들었다고 일러 주었다.

"대강 챙겨 와서 부족한 게 있을지도 몰라요."

"확인할 게 생기면 전화를 드릴게요."

줄리는 난처해하는 표정으로 고개를 가로저었다.

"급한 일이 아니면 되도록 전화하지 말아 주세요. 바쁠 때는 곤란해요."

"그럼 필요할 때 먼저 연락을 주세요."

나는 태은과 문가에 나란히 서서 줄리의 검정색 도요타가 떠나가는 모습을 지켜보았다. 차가 커브를 돌아 시야에서 사라지자 잠시 서먹한 침묵의 시간이 찾아왔다. 태은이 두 손바닥을 펼쳐 보이며 먼저 말길을 텄다.

"닦고 싶어요."

손바닥에 볼펜으로 그려 넣은 깨알 같은 낙서들은, 얼핏 보아 한글 단어와 숫자 들인 듯했다.

"잠깐만."

나는 얼른 화장실로 들어가 안을 둘러보았다. 욕조 바닥에 채 씻겨 내려가지 않은 비누 거품과 일리아의 머리카락들이 엉겨 있는 걸 발견하고는 휴지로 그걸 집어내 치운 뒤에 태은을 안으로 불러들였다. 태은이 세면대 앞에 서서 작은 두 손을 꼼지락거리며 씻었다.

"아까 말한 그 친구, 여기 데려와서 같이 놀아도 돼. 내가 일리아랑 이야기 나눠 볼게."

"걔는 한국에 있어요."

"그럼 다른 누구라도."

"없어요."

"미국에 온 지 1년 넘었다고 들었는데."

"아직 없어요. 괜찮아요."

나는 수납장에서 새 타월을 꺼내 건네며 내 이야기를 했다. 덴버에 처음 왔던 게 4년 전 겨울이었는데 그때 무릎 위까지 쌓이는 폭설을 두 번이나 경험했고, 그 때문에 많이 돌아다니지 못하고 서울로 되돌아갔으니 이번이 두 번째지만 처음이나 마찬가지라고.

"마찬가지."

태은이 내 말을 따라 하며 고개를 끄덕거렸다.

"일리아랑 친해요?"

"아니, 하지만 일리아는 내 친구의 친구니까 내 친구이기도 하지."

"일리아는 소설을 써요."

"응, 알아. 읽지는 못했지만."

"내가 나오는 이야기도 있어요."

"그러니?"

"네, 제이슨이라는 검정말이 나오는데 그게 나예요."

"제목이?"

"망아지 제이슨."

일리아는 대학에서 문학을 가르치고 있는 소설가로, 미국인 아버지와 인도인 어머니 사이에서 태어났다. 항아와는 2년째 아르바다의 이 집에서 살고 있는데, 집세 부담을 줄이기 위해서 지인들 셋이서 한집에 들었다가 작년에 한 명이 결혼을 해 나가면서 둘이되었다. 항아에게 전해 들은 바로는 일리아는 우울증을 앓는, 겨울에는 붉은색 스웨터를 즐겨 입는, 지난 10년간 줄곧 긴 머리칼을 고수해 온, 두 권의 단편 소설집을 펴낸 사람이었다. 나는 이런 특징들만으로는 일리아가 어떤 사람인지 짐작할 수 없었다. 일리아에 대해 이야기할 때 항아의 목소리가 평온하게 느껴졌다는 게 실은 좀 더 의미 있는 정보였다.

애초의 계획대로라면 나는 항아, 일리아와 이곳에서 2주간을 보내다가 이후 항아와 플로리다로 가서 그곳에 사는 항아의 남동생

내외를 따라 바다낚시에 나섰을 것이다. 그런데 출국 일정이 코앞으로 다가온 시점에서 상황이 바뀌었다. 항아는 서울에서 처리할 일이 생겼다며 돌연 귀국했고, 항아의 남동생은 부인과 함께 장인을 만나러 보스턴으로 떠났다. 나는 당황했지만, 서울에서 항아와 사흘을 보내고 난 뒤 예정대로 덴버에 가기로 마음먹었다. 계획을 전면 수정하기보다는 서울에 있는 내 오피스텔을 항아가 사용하도록 하고, 나는 아르바다에 있는 항아의 거처에서 7월을 나는 편이 좋겠다 싶었던 것이다. 항아는 내가 출국하는 날 인천공항까지 배웅하러 나서면서 4년 전 겨울, 덴버에서의 일을 끄집어내 화제 삼았다.

"너 그때 차를 끌고 나갈 수가 없게 되니까 혼자 눈길을 헤치고 걸어가 운동화 쇼핑을 했었잖니. 차로도 10분은 걸리는 데를, 그 폭설에. 와, 내가 얼마나 황당했게. 변수에 유연하다고 해야 하니, 막무가내라고 해야 하니? 하긴 넌 좀 예전부터 엉뚱했지."

항아가 말하는 예전이란 먼 중학교 시절을 의미했다. 그때의 성향이 내 본질과 닿아 있다고 여기는 오랜 친구를 마주하고 있자니 기분이 묘했다. 나는 출국 심사대를 향해 걸어가면서 항아에게 가볍게 손을 흔들어 보였고, 비행기에 오르는 길에는 항아가 내 뒷모습에서 무엇을 발견했을까 뒤늦게 궁금증을 품었다. 어디론가 떠나가는 이의 뒷모습에는 쓸쓸한, 숨길 수 없는, 헐벗은 진실 같은 게 드러난다고들 하지 않는가.

사실 나는 지난 한 달간 매우 단조로운 생활을 해 왔다. 소소한 일상을 지탱하는 데만도 있는 힘을 다 그러모아야 했기 때문이다. 5년간 적을 뒀던 직장에서 끝내 안정된 자리를 잡지 못하고 떨려난 여파였다.

내가 다니던 인테리어 회사는 큰 가정집을 개조해 사무실로 썼고, 서로 합심해 커 나가자는 대표의 비전을 공유하는 분위기였다. 나는 대학 선배의 소개로 그곳에서 아르바이트부터 시작해 계약직을 거쳐 정규직이 되었다. 밤낮으로 잡다한 프로젝트에 동원되었고 상황이 안 좋으니까, 이어 온 일이 경력이 되어야 하니까 하고 버티고 넘기다가 감봉과 감원 바람이 불어닥쳐서야 비로소 내가 '함께'의 비전보다는 덫에 걸려든 셈이란 걸 절감했다. 어느 새벽 스트레스로 몸이 굳고 숨이 차는 증세를 느꼈을 때 나는 한계 상황에 다다랐다는 걸 받아들이기로 했다. 사직서를 제출했다.

개인 짐을 꾸려 회사를 나오던 날, 선배는 나를 불러 세워 이렇게 되어 참 안됐다면서, 무얼 생각하고 있던 것인지 내 얼굴에 대고 담배 연기를 뿜어 대고 있다는 것도 인식하지 못했다. 그는 내게 딸린 식구가 없어서 호기 부릴 여유라도 있는 거라고 했다. 그리고 무슨 명절 덕담 같은 소리도 잠깐 했는데 그 내용은 기억나지 않는다.

이후 안부를 물어 오는 사람들이 있으면 '고민이 많다, 쉬어 가려 한다'는 정도로 근황을 얼버무렸다. 지인들 중에 '쉬어 간다'는 애매한 표현을 가장 구체적으로 받아들인 사람은 내게서 물리적으로 제일 멀리 떨어져 있던 항아였다. 항아는 자세한 내막이

야 모르겠지만 우좌지간 심신을 고르며 쉬어 가기에 서울은 너무
나 복닥거리는 곳이 아니냐며, 게다가 여름이 점점 고온 다습해지
는 데로 알고 있으니 어서 자기가 사는 곳으로 '날아오라'고 했다.
'우좌지간'은 항아의 말버릇이었는데, 좌우지간이란 말에 우지끈
하고 부러지는 듯한 느낌을 실으려고 그러는 것만 같았다. 항아는
유의할 점을 하나 덧붙였다.

"네가 여기 와서 일리아의 방을 보고 놀라 자빠지지만 않았으면
좋겠다. 전쟁 통의 아수라장 같거든. 일리아는 우울증이 있어. 이
해할 수 있겠니?"

"몰라. 그냥 일리아도 보고, 너도 보고 그러고 싶어."

7월 둘째 주 월요일 저녁 무렵, 나는 덴버 공항에 내려 처음으로
일리아와 대면했다. 훤칠한 키에 큰 눈, 미소가 아름다운 사람이
었다. 일리아는 영어를 잘 못하는 나를 위해서 이미 했던 말을 천
천히 되풀이해 주다가도, 무리하게 끼어들기를 시도하는 운전자
를 맞닥뜨리면 속사포의 찌르는 듯한 목소리로 "이 머저리! 미쳤
냐? 장난해? 죽고 싶어?" 하고 허공에 대고 외쳐 댔다. 나는 일리
아의 옆자리에 잠자코 앉아 그녀의 날카로운 혼잣말을 대여섯 번
정도 듣고 난 뒤에 아르바다에 이르렀다. 우리는 간단히 샐러드를
만들어 먹고 씻고 난 뒤 잠옷으로 갈아입고 거실로 나와서 더디게
잡담을 몇 마디 나눴다. 그리고 다음 날을 기약하며 각자의 방으
로 들었다.

고요하고 평화로운 한 주가 흘러갔다. 푸른 하늘과 건조하고 맑

은 공기, 쨍한 여름빛을 즐기며 무념무상의 이방인으로서 거리를 오가는 시간이 외롭고도 달콤했다. 그런 내 모습이 느긋하니 현지인 같아 보였던지 어느 날은 폴란드에서 여행을 온 소녀 둘이서 내게 괜찮은 카페를 추천해 달라며 말을 걸기도 했다. 그날의 일화를 일리아에게 전해 주었더니 일리아는 미소를 지으며 듣고 있다가 내게 조금 미안해했다.

"동희, 내일 나 일하는 데 같이 가 볼래? 크게 기대는 하지 말고. 혹시 벌써 한국 음식 그리워졌니? 그렇담 말해 줘. 한식당에도 데려다줄게."

나는 일리아가 방학 기간에는 집에서 그리 멀지 않은 아트 센터에서 특강 프로그램 기획에 참여한다는 새로운 사실을 알게 됐다. 일리아는 자기가 일하는 모습을 지켜보는 건 지루한 일이 될 거라면서, 대신에 지역 주민들을 대상으로 하는 탭 댄스 수업에 참관하면 좋으리라고 내게 권했다. 또 아트 센터 내에는 음향 시설이 좋은 콘서트홀이 있어서 여름 내내 좋은 공연들이 이어지리라는 것, 갖가지 꽃이 만개한 정원 한가운데에는 거대한 사마귀 모양의 조형물이 서 있다는 설명도 해 주었다. 내가 사마귀라는 영어 단어를 바로 못 알아들은 탓에 일리아는 양손을 사마귀의 앞다리처럼 움직여 보이기도 했다.

"고마워, 일리아. 내일 널 따라갈게."

별스러운 기대감은 없었는데도 그날 밤에 무수한 외국인이 거대한 사마귀 모양의 조형물을 에워싸고서 탭 댄스를 추는 꿈을 꾸었다. 석양이 질 무렵이었다. 나는 그들에게서 좀 떨어져 있는 버스 정류장 벤치에 앉아 일리아를 기다리는 중이었다. 천국 근처에 와 있다는 생각이 들었기에 뭔가 아련하게 황홀하면서도 내가 이미 죽었다는 인식에 가슴이 미어졌다. 그때 항아의 전화를 받았다. 나는 항아의 목소리를 들으며 점차 잠에서 깨어났다. 항아가 크게 피를 볼 뻔했던 이야기를 끄집어내고 있었다.

"동희야, 내가 너한테 지난봄에 나랑 일리아랑 멕시코인이 하는 식당에서 하마터면 총 맞을 뻔한 이야기 했었지?"

"응응, 네가 가려던 식당이 그날따라 일찍 문을 닫는 바람에 어쩌다 멀리까지 가게 됐는데…… 네 뒤편에 앉아 있던 남자가 나중에 총으로 주인을 위협했고, 알고 보니 갱이었고……."

"맞아! 그날 식당에 아들을 데리고 와서 밥 먹다가 이상한 낌새를 채고서 일리아랑 나를 총격 직전에 밖으로 불러내 구해 준 한국 남자가 있었다고 내가 말했잖아, 그러고 나서 내 페이스북 친구가 됐다고. 너도 내 페북에서 보지 않았어?"

"응."

"그 사람, 눈에 문제가 생겼대. 혹시 뇌의 문제가 아닐까 걱정을 많이 했었는데 그건 아닌가 봐, 천만다행히도. 우좌지간, 그 사람 아들이 어리거든. 내가 거기 있으면 며칠 돌봐 줄 수도 있을 텐데 그러질 못해서 마음이 무거워. 어른들 근심은 아이들한테 금세 전염이 되잖니."

"그럼 내가 이따 일리아한테 말해 볼까, 여기로 아이를 초대해도 될지?"

"아냐, 일리아랑은 어저께 이야기 끝냈어. 일리아는 네가 괜찮다면 자기는 상관없다는데, 그렇다고 너한테 자기가 물어볼 수는 없겠다고 해서 내가 전화한 거야. 근데 정말 괜찮겠어?"

나는 전화를 끊고 나서 내 근심과 일리아의 우울증이 아이에게 옮겨 갈 가능성은 없는 걸까 고민하면서 일리아의 열린 방문 사이로 살며시 얼굴을 들이밀었다. 늦은 아침 무렵이었는데 일리아는 광인처럼 머리칼을 산발한 채 흐트러진 모습으로 침대에 누워 이불 대신 다홍빛 머플러로 배를 덮은 채 나직이 코를 골았다. 방바닥은 발 디딜 틈이 없이 늘어진 신문, 잡지, 책, 슬리퍼, 컵과 접시, 옷가지와 각종 카탈로그 무더기, 담배꽁초가 가득한 재떨이, 가방들로 너저분했다. 하지만 어쨌든 침대는 누울 자리로서의 기능을 상실하지 않은 듯했고 또 일리아가 나름 잠은 좀 자는 편이란 걸 확인하게 돼 다행이었다.

일리아는 그날 오후에 나를 아트 센터에 데려가 커다란 사마귀 조형물 앞에 세워 놓고 사진을 찍어 주었다. 그리고 자기보다는 내가 아이와 많은 시간을 보내게 될 텐데 선뜻 수락해 주었다면서 내가 좋은 사람인 것 같다고 했다. 나는 멋쩍게 웃다가 약간 혼란스러운 기분으로 항아에게 '일리아는 좋은 사람인 것 같아' 하고 메시지를 보냈다. 항아는 한참 있다가 '그렇지' 하는 짧은 답신을 보내왔다.

태은을 맞이하기 전까지는, 나를 긴장시키는 그 어지러운 감정이 무엇인지 잘 알지 못했다. 태은과 단둘이 집에 남게 되었을 때야 비로소 아이에게 얼마만큼 '좋은 사람'이어야 하는지에 대한 감이 내게 없다는 걸 깨달았다. 나는 태은과 우두커니 소파에 앉아 막막하게 시간을 흘려보내다가 가까스로 넌지시 물어보았다.

"어른도 모르는 게 많다는 거 아니?"

태은이 멀뚱거리고 바로 대답을 하지 않자 저절로 긴 한숨이 새 나왔다. 창밖으로 옆집 여자가 산책을 마치고 돌아오는 모습이 보였다. 목줄을 한 사모예드가 혀를 내밀고 헤헤 웃는 것처럼 보였다.

"철딱서니 없다, 그런 말은 알아요. 들어 봤어요. 어른들끼리도 쓰던데요."

"오 그게, 그 둘이 꼭 같은 말은 아닌데, 어휴, 그래 뭐 때에 따라 비슷할 수도 있겠다. 중요한 건 내가 이 말을 왜 하느냐 하는 거야. 요새 내가 좀 그러거든, 사정이 있어서. 옛날에 잘 알던 것도 모르겠어, 헷갈리고."

"⋯⋯."

"뭘 하면 좋을까? 뭘 하고 싶니?"

태은이 나를 빤히 보며 대답했다.

"배고파요."

"뭘 좀 사 와야겠다."

"따라가서 사고 싶은 것 골라도 돼요?"

"응, 세 개까진 괜찮아. 하루에 세 개까진."

태은이 어쩐지 깔깔 웃었다.

"세 개요? 왜요?"

나는 항아의 차에 태은을 태우고 유기농 제품을 주로 취급하는 마트로 갔다. 감자, 가지, 브로콜리, 체리, 시리얼, 치즈, 닭고기와 캐슈너트를 구입했는데, 내가 머무는 자리마다 태은이 바짝 따라붙어 서서 "그거 사게요?" "이건요?" "그게 더 좋아요?" 하며 종알거리는 통에 정신이 없었다.

나는 집으로 돌아오자마자 닭고기와 야채를 재빠르게 손질해 밥과 함께 볶아 낸 뒤 최대한 예쁘게 접시에 담아냈다. 그리고 태은과 허겁지겁 나눠 먹었다. 태은은 식사 후에 자기가 기침이 날 때마다 먹는다는 시럽을 가져와 내게 한 스푼 떠먹여 주었는데, 그게 복숭아와 계피를 섞은 맛과 비슷하다는 제 느낌을 내게서 확인해 보기 위해서였다.

"복숭아하고 계피, 또 뭔가 하나가 더 있는데."

나는 나름 진지한 표정으로 고개를 갸웃거렸다. 태은은 그 뭔가에 골몰하다가 항아의 침대 위에서 조용히 잠이 들었다.

어느새 나도 잠이 들었던지 눈을 떠 보니 낯선 집의 소파 위였다. 내가 왜 여기 있는 것인가 빠르게 탐색해 보는 동안 정신이 들었다. 늦게 귀가한 일리아가 욕조에 들어 씻는 중이었고, 옆집 개가 무엇을 보았는지 크게 짖어 대고 있었다.

잠시 후 일리아가 샤워 가운을 입고 거실로 나와 내게 오늘 하루가 어땠느냐고 물었다. 나는 눈을 끔벅이며 망아지 제이슨에 관해 들어서 알고 있다고 대꾸했다. 일리아는 아무런 반응이 없었다. 아마도 내가 잠에서 덜 깬 거라 생각한 모양이었다. 일리아는 조용히 미소를 지었다.

"잘 자, 동희."

"일리아, 저것 좀 봐."

나는 자리에서 일어나 창가로 다가서며 말했다. 일리아가 내 곁으로 다가왔다.

"보름달이 크고 멋지네. 일리아, 나 이런 노래 알아. 콜로라도의 달 밝은 밤은, 라라라라 라라라라라……."

"뭐라고? 콜로라도 뭐라는 거야?"

일리아는 그런 노래는 처음 듣는다고 했다. 나도 다는 알지 못해 라라라라로 때우긴 했지만 미국 민요를 번안한 곡이라는 정보 정도는 있었기에 콜로라도라는 단어와 멜로디만 듣고도 일리아가 당연히 그게 무슨 노래인지 알아챌 줄 알았다. 콜로라도에 사는 누구라도 아는, 그 정도로 유명한 노래는 아닌 모양이었다.

"망아지 제이슨도, 이 노래도 너한테 없는 거란 말이지?"

나는 한국어로 중얼거렸다. 일리아는 하품을 하고는 내 등을 한 번 쓸어내리고서 제 방으로 들어갔다.

살아오며 이만한 시련을 겪어 본 적 없던 건 아니었지만,

이른 아침, 나는 거실의 소파에 앉아 항아의 책상 위에서 집어 온 노트 맨 뒷장에다 그렇게 적어 넣고서 하단에 빗금들을 계속 그었다. 그러다 보니 빗금들은 어느새 비바람처럼 보이기 시작했다. 그래서 그 옆에 거꾸러진 우산을 하나 더 그려 넣었다. 노트의 앞장들은 항아가 열심히 공부해 온 내용으로 가득 차 있었는데, 그 알 수 없는 수식들과 내가 그린 비바람은 노트가 탁, 소리를 내며 닫히자마자 서로 폭풍 같은 대화를 할 수 있을 듯했다.

살아오며 이만한 시련을 겪어 본 적 없던 건 아니었지만,
(비바람과 거꾸러진 우산 그림)

나는 이어서 쓸 말을 생각했다. 그때 태은이 방에서 흰 티셔츠와 청바지로 갈아입고 나와 내 앞으로 다가섰다.

"일기를 써요? 아침에요? 왜요? 시련? 시련이 뭐예요?"

"잠깐만 들어 봐 봐. 도대체, 이 무슨, 우좌지간, 그러저러, 그래도. 이 중에 하나를 고른다면 뭐가 좋겠니?"

"앞엣것 다 까먹었어요. '그래도' 할게요."

나는 우산 그림 아래 '그래도'라고 적었다. 일리아가 일어났는지 방에서 통화하는 소리가 새어 나왔다. 말소리가 점점 커지며 속도도 빨라졌다. 나로서는 무슨 말인지 알아들을 수가 없었다.

"일리아가 지금 뭐라는 거니?"

태은이 집중하는 표정으로 귀를 기울이고는 내게 일러 주었다.

"우리 오늘 셀레셜 티 팩토리에 갈 거래요. 일리아가 거기서 이번에 세일하는 차를 다 쓸어 담아 올 거래요. 그리고 줄리네 사장이 돈에 미쳐서 줄리가 일을 쉬지 못하고 독 퍼진 얼굴로 괴물이 되어 간다고 욕하고 있어요. 또, 제가 불쌍하대요."

"⋯⋯."

"우리 아빠 잘못돼요?"

"잘못되는 게 뭐 어떻게 되는 건데?"

"병원에서 눈알을 빼내고⋯⋯."

"태은아! 엊저녁에 우리 같이 뭐 사 왔는지 대충 기억하니?"

"네, 대충."

"그중에서 지금 먹고 싶은 거 동시에 말해 보기 하자. 하나, 둘, 셋!"

우리는 캐슈너트를 한 줌씩 집어 들고 집 밖으로 나가 하늘을 올려다보며 소리 내 씹어 먹었다. 그리고 잔디밭 속에 각기 두 개씩을 다람쥐 몫으로 숨겨 두었다. 개가 크게 짖어 대는 소리에 놀라 뒤를 돌아보니 옆집 여자가 사모예드를 데리고 집 밖으로 나오는 중이었다. 태은은 좀 주춤거리다가는 용기를 냈는지 옆집 여자에게 개 이름이 무엇인지 물었다. 사모예드의 이름은 에밀리라 했다. 암컷인 모양이었다.

"산책 가세요?"

나는 두어 걸음 뒷걸음질 치며 목청을 높였다. 옆집 여자가 에밀리의 목줄을 잡아당기며 고개를 젓고는 내일이나 모레쯤 차로 강아지 공원에 데려갈까 한다고 대꾸했다. 태은이 에밀리를 바라보며 제자리에 천천히 쪼그려 앉았다. 희한하게도 에밀리가 멈칫하며 짖는 걸 멈추었다.

"에밀리, 진정해. 진정해, 에밀리."

태은의 말소리에 에밀리는 나지막이 으르렁거리면서도 살랑살랑 꼬리를 쳤다. 나는 태은을 일으켜 집 안으로 먼저 들여보내고서 우편함에서 우편물을 꺼내 챙겼다. 자동차 보험 회사에서 온 광고물 하나, 시카고에서 온 개인 우편물 하나, 모두 수신인은 일리아였다.

셀레셜 티 팩토리에서 오후 한때를 보내는 일은 좋은 사람들과 차를 마시는 상상을 하며 기분 좋게 지갑을 열고 다니는 것이었다. 나는 일리아를 따라다니며 갖가지 차를 시음해 보고는 얼결에 열 종류의 차 스무 개를 구매해 박스에 챙겨 둔 뒤 기념품 가게로 갔다. 각양각색의 찻잔과 차받침, 테이블보 등을 구경하며 태은과 사진을 찍다가 어느 틈에 일리아가 사라져 버린 걸 알아챘다. 시간이 꽤 흘렀다는 걸 확인하고 깜짝 놀랐다. 나는 태은에게 꿀이 든 스틱을 사 들리고서 서둘러 밖으로 나왔다. 일리아는 운전석에 앉아 우리를 기다리던 중이었다.

"일리아, 이거 네가 좋아하는 향인지 모르겠네."

조수석 쪽 문을 열고서 기념품 가게에서 구입한 차량용 방향제를 가방에서 꺼내 놓으려다 얼핏 보니 일리아는 울고 난 얼굴이었다. 나는 방향제를 도로 가방에 넣고 차 문을 닫았다. 뒷자리로 가 태은과 나란히 앉았다.

오솔길이 나타났다 사라졌다. 교차로가 나타났다 사라졌다. 잠든 태은의 고개가 점점 기울어지더니 내 무릎 위에 놓였다. 꿀을 짜 먹고 남은 빈 스틱 다섯 개가 태은의 손아귀에서 풀려나며 주르륵 바닥으로 떨어졌다. 나는 창에 머리를 기댄 채로 실눈을 떠 그 모습을 가만히 지켜보다가 일리아의 목소리를 들었다.

"동희, 들러 갈 데가 생겼어. 내가 그 말 했던가?"

나는 졸고 있는 척하던 차라 깜짝 놀라며 깨어나는 연기도 해야 했는데, 아무래도 썩 잘해 내지 못한 모양이었다. 일리아가 나지막이 흐흐흐 웃었다.

"응? 아, 아니."

"아무튼 괜찮지?"

"그럼."

"난 어렸을 때 시카고에서 학교를 다녔어. 이 이야기 항아한테 들어 본 적 있어?"

"아니."

"오빠는 아직 거기, 시카고에 살아. 술을 너무 많이 마셔. 우린 전화 안 하고 산 지 꽤 오래됐어. 그러다 느닷없이 편지가 도착해 버려. 까놓고 말하자면 그건 편지라기보다는 뭐랄까 독화살, 일종의 비명 같은 거야. 짧은 내용이지만 날 괴롭히고 싶어 한다는 걸

분명히 잘 알 수 있어. 누군가를 편지 한 장으로 괴롭힐 수 있다는 건 굉장한 힘이야. 난 드물게 이기고 대개는 져. 그리고 두 경우 다 눈물 바람이지."

차 한 대가 차선을 이리저리 바꾸며 진로를 방해하고 있는데도 일리아는 콧바람을 길게 내뿜었을 뿐 소리를 내지르지 않았다.

"그런데, 일리아."

"응."

"나, 네 말 완전히 알아들은 거 같아. 다 들렸어."

"글쎄, 어쩌면."

우리는 마트에서 꽃바구니와 작은 하트 모양의 풍선을 두 개 사 가지고 지난주에 아이 아빠가 됐다는 일리아의 친구를 보러 병원 으로 갔다. 일리아의 친구는 석유 회사에 다니는 엔지니어로, 일 리아보다는 나이가 들어 보였다. 볼이 발그레한 그의 아내는 침상 에서 몸을 일으키며 갓 난 딸아이의 사랑스러움과 꽃바구니를 들 고 찾아온 일리아의 다정함에 대해 열렬히, 풍부한 표정으로 감동 을 표했다. 그러는 사이 병실에 청년 둘이 들어섰다. 아기 아빠와 도 일리아와도 모두 친분이 있는 모양이었는데, 그들의 대화 내용 으로 미루어 보아 아직 졸업까지 두 학기가 남은 대학생들이라는 걸 알 수 있었다.

"안아 보겠어?"

일리아의 친구가 묻자 일리아는 "오!"하며 아기를 받아 안 았다.

"아기랑 엄마랑 많이 닮은 거 같네."

나는 무심코 한국어로 내뱉고는 그곳에서 그 말을 유일하게 알아들었을 태은을 돌아다봤다. 태은이 아기의 얼굴을 살피려고 목을 길게 빼고서 발돋움했다. 일리아가 몸을 기울여 아기의 얼굴을 태은 쪽으로 내보였다.

여행지에서의 로맨스는 내게 어울리지 않는다고 생각해 왔는데, 그건 내가 4년 전의 폭설에 운동화를 사러 나간 적은 있어도 데이트를 하러 나간 적은 없다는 사실만 봐도 알 수 있었다. 병원에서 잠깐 인사를 나눴을 뿐인 대학생 콜린이 내게 호감을 보이더라는 일리아의 말에 나는 과연 내가 몇 살로 보였던 걸까만 궁금해졌을 뿐 그의 얼굴 생김새조차 떠올리지 못했다.

"일리아, 콜린은 나보다 일곱 살이 어려. 7년은 쟤의 평생이고."

나는 출입문 쪽을 손가락으로 가리키며 말했다. 바깥의 잔디밭에서 태은이 사모예드 에밀리와 신나게 노는 중이었다.

"그게 네가 마운틴 에번스에 가지 말아야 하는 이유는 아니지."

일리아는 자기가 4,350미터 높이를 굽이굽이 운전해 오르는 건 무리일 거라면서, 무엇보다 자기는 하루 정도 온전히 혼자 보내는 시간이 필요하다고 했다.

"일리아, 부탁인데, 제발 좀 천천히 말해 줄래?"

일리아가 하는 말의 요지를 알아내기까지는 시간이 좀 걸렸다. 정리하자면 일리아가 온전히 혼자가 되는 시간이 필요해진 나머지 콜린에게 내가 마운틴 에번스에 가 보고 싶어 한다고 이야기해 버렸다는 건데, 내가 마운틴 에번스에 대해 언급한 적이 없다는 사실만 제외하면 다른 사실들의 조합은 합리적이라 할 수 있었다. 콜린은 운전을 잘하고 또 산을 좋아해서 운전만 하면 신경이 곤두서는 일리아로서는 절대로 할 수 없는 것을 내게 기꺼이 해 줄 수 있는 사람인 데다, 마침 내게 호감이 있고 아이들과도 잘 어울리는 편이니 서로에게 좋은 일이다. 이게 일리아의 설명이었다.

"나 때문에 불편해서 그러니? 내가 싫다면 솔직히 말해 줘."

"오, 아냐. 난 정기적으로 혼자 있는 시간이 반드시 필요한 사람이고, 세상에는 나 같은 사람이 있는 것뿐이야. 너야말로 이 일로 날 싫어할 거니?"

"아냐, 알겠어. 이해했어, 일리아."

"콜린은 사려 깊은 친구야."

일리아는 곧장 내게 제 겨울 외투를 빌려줬고, 태은에게는 따뜻한 등산복을 사 입혔다. 태은과 나는 방한복이 생긴 바로 다음 날 아침에 콜린의 차를 타고 곡예하듯 굽이굽이 산을 타고 올랐다. 높은 고도에 점점 귀가 먹먹해져 갔다.

경사지고 좁은 산길을 거침없이 달려서 높이, 더 높이 오르는 동안, 태은과 나는 자칫하면 천리만리 끝없이 떨어져 내릴 것만 같은 발아래 풍경에 아찔해하며 외마디 소리를 내지르곤 했다. 콜린은 그럴 때마다 호쾌하게 웃으며 그 웃음소리로 우리를 안심시켰다. 그는 간간이 내게 물었다. 덴버에 대한 인상이 어떠한지, 어디를 가 보았는지, 또 어디를 가 보고 싶은지 하는 의례적인 질문들이었다. 나는 다운타운에서 커피를 마시며 걸었는데 기분이 좋더라, 하늘이 너무나 선명한 하늘색이라서, 또 햇빛이 눈부시게 빛나고 공원이 많아서 행복하더라는 대답을 했다. 딱히 무슨 의견이랄 게 없는 말이었지만, 또 어떻게 보면 그 모든 대답이 내가 몹시 지친 삶으로부터 걸어 나온 사람이란 걸 표현하고 있는 것이기도 했다. 나는 내게 호감을 보이며 호의를 베푸는 사람 앞에서 점점 스스로가 어떤 사람인지 깨달아 갔다. 그래서 가끔씩 불분명하고, 어둡고, 휴식이 없던 지난 시간을 기억하는 자의 표정을 하고 있었을 것이다.

"동희."

콜린은 내 이름을 부르고 룸 미러로 나를 쳐다보며 미소 지었다.

"이제부터 온전히 경관을 즐기자, 편안하게."

차로 오를 수 있는 최상단 지점에 다다라 우리는 외투를 단단히 여미고 밖으로 나왔다. 정상까지는 5분 남짓 더 걸어서 올라가야 했는데, 나는 높은 고도에 숨이 가빠져서 거기서 멈춰 서는 편을 택했다. 콜린이 태은을 데리고 정상까지 올라갔다.

다양한 사람의 크고 작은 감탄사들을 들으며 장대한 풍경 속을 느릿느릿 혼자 걸어 다녔다. 조심스레 높은 바위를 딛고 서서 구

름에 손을 뻗었다. 귓속이 먹먹해지는 기분으로 휘청했다가 다시
금 호흡을 가다듬었다. 하늘 가까이 닿아 있다는 걸 실감하며 가
슴을 폈다. 굽어볼 수 있는 산맥들과 찻길, 꼬리를 물고 올라오는
차들의 행렬.

콜린과 태은이 정상에서 내려오자 우리는 최선의 구도에 서로
를 담아내려는 공력을 들여 꽤 괜찮은 사진들을 건졌다. 그리고
원하는 만큼 고요한 시간을 누려 보기로 했다. 바닥에 일렬로 늘
어앉아 눈앞에 펼쳐진 풍경을 감상하며 한동안 말없이 시간을 흘
려보냈다.

그러던 어느 순간이었다. 태은이 "저 이상해요." 하며 내 소맷
자락을 붙잡고 힘을 주었다. 바람이 세게 불어와 태은의 머리칼이
모두 뒤쪽으로 넘어갔다. 태은의 작고 동근 얼굴이 아주 새하얘
보였다. 검은 눈동자에는 눈물이 어렸다.

"어지러워?"

콜린이 챙겨 들고 있던 물병을 열어 태은의 입가에 가져다 대자
태은은 물을 몇 모금 받아 마시고는 천천히 긴 숨을 들이쉬고 또
내쉬었다.

"유령 본 적 있어요? 유령······."

태은이 나를 향해 묻고는 눈을 천천히 끔벅였다. 눈물 한 줄기
가 볼을 타고 흘러내렸다.

"유령이 보이는 거 같아?"

"아뇨. 보고 싶은데 안 보여요."

"……."

"여기는 하늘나라나 마찬가지인데. 마찬가지……."

"……."

"내가 점점 한국말 잊어버리면 어떡해요? 죽어서 엄마를 만나면 너무 늦을 거 같은데. 할 말을 다 까먹을 거 같은데."

"오오, 태은아."

태은이 엄마 이야기를 한 번도 하지 않았기에 나도 물어본 적 없었다. 이제 나는 태은의 부모가 이혼한 게 아니고, 태은의 엄마가 아프거나 바쁘거나 나쁜 게 아니고, 죽어 이곳에 없다는 사실 하나를 슬픈 선물처럼 얻었다.

"힘드니?"

"네."

"힘든데 비바람이 막 불어와. 그럼 시련이랑 비슷해. 시련의 뜻 궁금해했지?"

"네."

"근데 조금 더 비슷해지려면 거기에 마음을 하나 더해야 돼. 쓰러지지 말자, 하는 마음을 더하면, 힘껏 더하면, 그러면 조금 더 비슷해져, 시련의 뜻."

"…… 네."

"이제 일어날까? 일어날 수 있어?"

자리를 털고 일어나 차로 가는 동안 나는 콜린에게 미안한 마음이 들었다.

"있잖아, 콜린. 조금 전 이야기를 다 영어로 옮기는 건 나한텐 너무 벅찬 일이네."

그는 어깨를 으쓱해 보이고는 태은과 내가 뭐라고 대화했는지 궁금하지 않다면서 웃었다. 그리고 슬며시 덧붙였다.

"너 아까 이야기하면서 손을 굉장히 많이 쓰더라. 그래서 들었어, 조금은. 들리더라. 내 손 잡을래?"

콜린이 내게로 손을 내밀었다. 나는 그때 그의 손이 꽤 두툼하고 크다는 걸 처음 알았다. 또 그의 속눈썹이 긴 것도, 오른뺨에 보조개처럼 보이는 작은 점이 있는 것도 차례로 눈에 들어왔다.

저녁 무렵 집으로 돌아왔을 때 거실 바닥은 반질반질하게 닦여 있었고, 창에는 새 커튼이 달려 있었다. 냄비에는 방금 끓여 놓은 토마토스튜가 가득했다. 모두 일리아의 솜씨였다. 덕분에 콜린은 아주 깨끗해진 거실을 가로질러 와 잘 정돈된 식탁에 앉아 진한 토마토스튜를 맛볼 수 있었다.

"혹시 드뷔시 좋아해?"

콜린이 마지막 한 숟가락을 삼키고서 내게 물었다.

"글쎄, 아마도."

내가 대답했다.

"그럼 공연 시간표를 확인하고서 전화할게."

"고마워."

콜린은 "나도." 하고는 일리아를 돌아보며 미소 지었다.

"일리아, 스튜 맛있었어."

콜린은 문을 나서기 전에 태은을 한 번 안아 주었고, 태은은 그의 어깨에 잠시 볼을 기댔다. 나와 태은, 일리아는 잔디밭으로 나가 골든에 있는 제 집으로 향해 가는 콜린을 배웅하며 크게 손을 흔들었다.

"동희, 나 좋은 소식이 두 개, 안 좋은 소식이 하나 있어."

콜린의 차가 커브를 돌아 시야에서 사라져 갈 때 일리아가 조용히 내게 말했다.

"좋은 소식이 뭔데?"

"줄리가 그러는데 태은이 아빠 괜찮을 거래. 수술까지는 안 해도 된다나 봐."

"아! 정말 잘됐다. 태은아, 너도 들었지?"

"네."

"그리고 아마 너한테도 메시지가 와 있을 텐데, 항아가 다음 주에 올 거래. 서울에서 일 다 잘 봤다네. 빌어먹을 해프닝이 몇 개 있긴 했는데, 그 얘긴 와서 해 준대."

"그렇구나."

나는 안 좋은 소식에 관해서는 좀 뜸을 들였다. 집 안으로 들어서서야 그게 무어냐고 물어볼 수 있었다.

"그건 내가 대청소를 했다는 거지. 일종의 징크스 같은 건데, 나 아마도 내일쯤엔 엄청나게 우울해질 예정이야. 각오해야 돼."

일리아는 터덜터덜 나를 앞질러 걸어가더니 소파 위에 털썩 주저앉았다.

태은과 나는 차례로 씻고 나서 얇은 여름 잠옷으로 갈아입고 거실로 도로 나왔다. 일리아는 소파에 드러누워 이마에 손을 얹고 눈을 감고 있었다. 태은이 일리아 곁으로 가서 소파 팔걸이에 얌전히 몸을 기대앉았다. 나는 거실의 조명 밝기를 낮추고 어둠이 내린 창가로 다가섰다. 휴대폰으로 드뷔시를 검색해 보았다.

우리는 각자의 자리에서 따로 또 함께 드뷔시의 「달빛」을 들었다. 나는 내가 낮에 그토록 높이 올라갔다 내려왔다는 것에 대해서, 그리고 그 일이 하루도 지나지 않아 믿을 수 없는 꿈처럼 느껴진다는 것에 대해서 생각했다. 먼 옛날 사람들, 내가 알지 못하는 계곡과 강과 바위를 거쳐 본 적 있는 미지의 사람들, 은혜로운 초록색 대지, 밤처럼 까만 어린 말들에 대해서도 생각했다. 그리고 눈을 감고서 그 위로 가만히 내려앉는 달빛을 그려 보았다.

김금희

2009년 한국일보 신춘문예에 단편 소설「너의 도큐먼트」가 당선되며 작품 활동을 시작했다. 소설집 『센티멘털도 하루 이틀』, 『너무 한낮의 연애』, 『오직 한 사람의 차지』, 『우리는 페퍼로니에서 왔어』, 장편 소설 『경애의 마음』, 『복자에게』 등을 썼다. 젊은작가상, 신동엽문학상, 현대문학상, 우현예술상, 김승옥문학상 대상 등을 수상했다.

04

모리와 무라

1

　이태 전, 해경과 나 그리고 숙부가 함께한 일본 여행을 떠올리면 석연치 않은 구석이 많았는데 그러는 한편 그 모든 것들이 하나의 해프닝이었다는 생각도 든다. 사람이 죽은 마당에 그런 가벼운 표현을 쓰면 안 되는지 몰라도.

　숙부는 일흔이 다 되어 있었고 삼십 년 넘게 일했던 호텔에서 정년을 한 뒤 몇 년간 좀 감정적인 상태였다. 누군가들에 대한 비난과 조롱을 하루 종일 늘어놓았다. 밑반찬 따위를 싸 들고 해경이 인터폰을 누르면 온종일 뭘 했는지 아주 지친 얼굴의 숙부가 현관문을 열어 주면서 오는데 춥지 않았니, 하고 물었다. 늦봄이라 장미가 흐드러지게 핀 줄도 모른 채. 퇴직을 하고 숙부는 오래된 독

신자 아파트에서 외출도 거의 하지 않고 지냈다. 이제는 출퇴근을
할 필요도 없고 데스크를 시키며 밤을 새우지 않아도 되는데 일을
나갈 때보다 낯은 더 흙빛이 되고 얼굴이 쪼그라들어 주름이 자글
자글했다. 나는 저러다 숙부가 「반지의 제왕」에 나오는 골룸처럼
손쓸 수 없이 짜부라질지도 모른다고 생각했다. 그래서 숙부 좀
이상하지 않아? 라고 해경을 찔러봤지만 해경은 아니라고 했다.
사실 해경에게는 물으나 마나였다. 해경은 숙부를 늘 자랑스러워
했으니까.

아무튼 고정 수입과 직함이 사라진 자리에 그렇게 흥성거리는
적대가 채워진다는 것은 흥미로운 일이었다. 그런 게 늙는 것이라
면 일부러 영양과 에너지를 투입해 신체 항상성을 유지하며 나이
들 필요가 없겠다는 생각이 들었다. 내겐 이미 미워하는 사람이
넘쳐 나고 조롱하고 비난하고 싶은 인간들도 참으로 많으니까. 하
지만 부엌 식탁에 앉아 캔 맥주를 앞에 놓고 그런 인간들을 우울하
게 욕하고 있으면 모친인 해경은 그러지 말라고 했다.

"결국 다 죽는다, 그렇게 생각하면 세상 미워할 사람이 없어."

우리 모두가 죽는다는 사실만이 우리를 구원한다니, 그런 건 염
세일까, 완벽한 처세일까. 아무튼 해경은 이렇듯 태도가 쿨해서
소파에 나른하게 누워 텔레비전 채널을 돌리다가 뭘 갈아 먹거나
반복 운동으로 몸을 키우거나 어디에 토굴을 파고 참인생을 살고
있는 사람이 나오면 안 죽을려고 참 애, 쓴다, 하고 시들시들한 조
소를 담아 야유했다.

"아, 그러면 일찍 죽고 싶은 사람 있어?"

"난 저렇게는 안 하고 싶다. 연연 안 한다."

"시집 안 간단 소리랑 노인네 일찍 죽는다는 소리야말로 거짓말이라던데."

"니는 그렇나?"

"나 뭐?"

"미혼이 아니라 비혼이라더니만 내숭이가."

이러니 해경, 숙부와 함께 여행을, 그것도 해외여행을 결심하는 건 쉽지 않았다. 해경이 정(靜)이라면 숙부는 동(動), 숙부가 랩이라면 해경은 시에 가까운 태도로 노년을 맞고 있었기 때문이다. 그렇게 전혀 다른 두 사람과 여행한다면 때마다 의견이 맞지 않아 갈등하다가 마음고생이나 하고 돌아오리라 생각했다. 그런데도 숙부의 제안을 거절 못 한 건 말이 다소 안 되는 듯도 하지만 전 애인인 운주가 남긴 빚 때문이었다. 몇 푼 안 되는 외주 디자인비로 갚아 봤자 이자는 계속 붙었고 이자, 이자의 이자, 이자의 다시 이자를 변제하는 오늘이 지나 어느 타이밍에는 목돈이 필요할 것이었다. 그러자면 우호가, 특히 어른들과의 우호가 필요했다. 또래들은 아무리 많아도 소용없었다. 정작 돈 얘기가 나오면 모래 장난을 하다가 갑자기 손을 털고 엄마에게 가 버리는 아이들처럼 몸을 뺐으니까.

그래도 나는 운주가 씀씀이가 헤펐다거나 성실하지 못했다고는 생각하지 않았다. 운주는 도박도 안 했고 무리해서 뭔가를 사는 사람도 아니었다. 다만 술을 즐겨서 목요일이나 금요일 늦은 밤, 자기가 아는 최내의 사람들을 모아 언포탕이나 숙성회 같은 다소 비싼 안주를 앞에 두고 취하는 것이 호사라면 호사였다. 하지만 그렇게 쌓아 올린 인맥이라는 것도 갚을 수 없는 현찰 앞에서는 무용했다.

그때 운주는 연료 통이 거의 빈 차를 끌고 우리 아파트 앞으로 와서 작별 인사를 했다. 하필이면 벚꽃이 가지마다 무더기로 피어서 이제는 운주의 소유가 아닌 중형 세단 위로 하늘하늘 떨어져 내렸다. 그 장면은 4월의 봄밤다운 낭만적인 풍경이었지만 내 마음은 그렇지 않았다. 결별에 필요한 충분한 양의 분노와 냉소와 환멸이 차오르고 있었다. 나는 연애를 지속하면서도 결혼을 원하지는 않았지만 운주가 알거지가 돼서 결혼을 하려야 할 수 없어지자 분노를 참을 수가 없었다. 운주는 블랙홀처럼 내 모든 원망을 빨아들였다. 그렇게 해서 탄생시킨 것이 오 년 연애의 종말이라는 사실이 참으로 허망했다.

우리는 이별에의 최종 합의를 위해 눈에 띄는 대로 아무 술집이나 들어갔다. 문어치킨이라는 해괴한 튀김 음식을 파는 동네 맥줏집이었는데 성능 좋은 스피커를 들여놓고 음악 신청을 받아 틀어주었다. 운주는 그렇게 누군가가 신청한 희대의 명곡이 흐르는 동안 운주사 미륵보살이라는 평소 별명답게 내 힐난과 빈정거림을 묵묵히 참아 냈다. 그러니까 능력도 안 되면서 애초에 그렇듯 많은 빚을 져서는 안 됐으며 혼자만 망하면 됐지 나까지 끌어들여서

빛을 지게 하고 돈뿐 아니라 사랑이란 명목으로 내 감정과 육체까지 수탈한 나쁜 놈인데 혹시 너는 일부러 위장 폐업을 하고 달아나려는 게 아니냐고, 그러니까 내 돈과 감정과 결혼이라는 미래까지 감당하기 싫어서 꽁무니를 빼려는 것이 아니냐는 말들이 내 입에서 흘러나왔다. 운주는 그 정도 비난은 그런대로 소화 가능한지, 그즈음 여기저기서 하도 욕을 많이 먹어서 이제는 억울하지도 않은지 그저 듣고만 있었다. 내 말이 멈춘 건 마주 보고 있는 우리 사이로 드롭스 통을 든 손이 불쑥 끼어들면서였다.

"하나 팔아 주세요, 네?"

사고를 당했는지 오른팔이 전체적으로 불편해 보이는 남자는 원래는 삼천 원짜리지만 이천 원에 주겠다고 했다. 운주는 자기 앞에 놓인 그 드롭스 통을 한동안 내려다봤고 오천 원을 내밀면서 사탕은 하나만 줘요, 했다. 나는 어이가 없었다. 그 오천 원은 어쩌면 운주가 가지고 있는 몇 안 되는 지폐 중 하나일지도 모르는데, 사실 불행의 크기로 따지자면 남자나 운주나 모르는 것이 아닌가.

"한 통 더 줘요. 이천 원에 한 통이라면서요."

나는 남자를 불러 세웠다.

"사장님이 한 통만 필요하시다고."

"그러는 게 어딨어요. 정가라는 게 있는데 안 그러면 삼천 원을 거슬러 주든가요."

"정가는 삼천 원예요."

"그러니까 삼천 원인데 이천 원에 준다면서요. 방금 아저씨가 그랬잖아요. 한 통 더 주든가, 삼천 원을 거슬러 주든가."

남자가 가방에서 드롭스 통을 꺼내면서 운주 쪽으로 은근히 고개를 돌려 도움을 청했다.

"다정이 너 왜 그래. 왜 억지를 써."

운주가 손을 휘휘 내저으며 나를 말렸다. 그러자 화가 더 치밀어올랐다.

"아저씨, 아저씨 지금 물건 팔려고 다니는 거잖아요. 나 좀 불쌍히 여겨라 이런 거 아니잖아요. 거래잖아요. 떳떳하잖아요. 그러니까 한 통 더 내놓고 천 원도 거슬러 줘요. 내놔요."

남자는 얼른 사탕을 내려놓고 술집을 나갔다. 그러자 그때까지 열띠게 이어졌던 대화—사실 나의 일방적인 힐난에 가까운—는 더 이상 이어지지 않았다. 남자는 오천 원을 가져가고 천 원을 거슬러 주지 않았지만 뭔가를 일깨워 놓기는 했다. 어떤 관계의 최종에서도 우리가 남겨야 하는 일말의 자비 같은 것을.

"일어서자."

나는 괜스레 테이블을 냅킨으로 닦다가 힘을 주어 말했다. 그리고 아마도 며칠 뒤에는 정지될 신용 카드로 술값을 결제하면서 여행이나 가야겠다고 생각했다. 해경과 숙부의 돈으로, 이를테면 저 멀리 샌타모니카 같은 곳으로. 그런 지명의 목적지들은 대개 어느 대륙에 있는지도 생각나지 않고 어디든 있긴 있다는 애매한 동경만 심어 주지만 그것마저 없으면 연애의 종말과 늙음 같은 인생의 파고들을 또 어떻게 넘길까. 술집에서 나와 아파트 주차장까지 걸어온 운주는 차 키를 내밀며, 리스 업체에서 오면 차를 넘겨 달라고 부탁했다. 리스값을 갚지 못해 차까지 반납해야 할 상황이었던 것이다. 나는 취했지만 누군가와 영영 이별하는 밤이니까 정신을 차리고 무언가 중요한 말을 하고 싶었다. 하지만 딱히 적당한 말이 생각나지 않아서 잘해, 잘, 하는 말만 반복했다.

"잘하란 말이야. 정신을 차리고 이게 다 전화가 위복이다 생각하란 말이야."

하지만 뭐를 잘하라는 건지는 알 수 없었고 그게 뭔지는 몰라도 그러지 못했던 건 확실하다는 생각이 들었다. 그 강렬한 패배감이 연애의 실패에서 오는지, 경제적 몰락에서 오는지는 알 수가 없었다. 운주가 노트북 가방에 욱여넣은 드롭스 통은 평평해야 할 가방의 전면을 볼록하게 만들었다. 우스꽝스럽게 도드라진 그 모양에 나는 웃지도 울지도 못했다. 운주는 머리에 닿을락 말락 내려와 있는 벚꽃 가지를 살짝 걷어올리며 돌아섰다. 곧 리스 업체에 회수될 승용차와, 회수하러 올 사람도 없는 나를 남겨 두고. 그러다 운주는 뭘 잡는지 허공을 잡아챘고 그것이 꽃잎이었는지 하루살이 같은 날벌레였는지 아니면 빈주먹이었는지 모르겠지만 그 손을 풀지 않은 채 주머니에 넣었다.

2

우리가 8월에 간 곳은 후쿠오카의 온천 마을 유후인이었다. 숙부는 여행비로 겨우 백만 원만 내놓았고 거기다 해경이 그만큼을 보탰다. 아쉽게도 샌타모니카는 아니었지만 거기에는 우리 셋에게 필요한 것이 다 있었다. 무릎이 안 좋은 해경을 위한 온천이 있었고 대체 호텔에서 얼마나 지속된 소음에 시달렸는지는 몰라도 은퇴 이후로 조용히, 좀 조용히 있고 싶다고 호소하는 숙부를 위한 숲속의 적막이 있었고 여행의 기쁨 따위에는 관심 없고 그냥 이 여정이 무탈하게 끝나기만을 원하는 나를 위한 별장식 료칸이 있었다. 나는 공항이 있는 하카타에 도착한 당일을 제외한 이틀 내내 유후인의 료칸에 처박혀 있는 은둔형 여행 계획을 짰다. 숙부와 해경도 별 불만은 없었다. 그들은 걷는 게 싫다고 했다.

하지만 막상 하카타에 도착해 우리가 주로 한 일은 걷는 것이었다. 숙부와 해경이야 공항버스를 타고 비행기에 실려 왔을 뿐 여행의 동선에는 아무 생각이 없었고 책임은 오롯이 나와 구글맵에게 있었다. 하지만 나는 길치라서 둘을 데리고 자꾸 헤매다가 돔구장이 있는 모모치 해변을 갈 때에는 아예 비싼 택시를 이용했다. 날이 무척 흐려서 바닷가는 회색빛이었다. 어디서 굴러왔는지 모를 수십 개의 야구공들이 모래밭에 처박혀 있었다.

그래도 여행을 오자 숙부는 기분이 나아져서 안내 방송을 통역해 주기도 하고 하카타에키, 데파―토, 미나미몬, 바―스 노리바 같은 표지판들을 읽어 주기도 했다. 어차피 한국어 병기가 되어 있어서 굳이 일본어로 읽을 필요가 없는 단어들이었지만 괜찮았다. 그렇게 할 때 숙부의 얼굴에는 뿌듯함이 곰탕 국물처럼 뽀얗게 우러나왔으니까.

해경은 숙부를 늘 자랑스러워했지만 어려서부터 나는 숙부에 대해 일종의 의혹을 가지고 있었다. 어떻게 보면 해경이 그러는 이유와 같은 맥락이었는데, 다른 숙부들과 달랐기 때문이었다. 숙부는 세련되었고 외국어를 잘했으며 책을 읽었다. 평생 독신으로 살면서 호텔에 근속했고 친척들끼리의 일상적인 저녁 식사에서도 재킷을 입었으며 취하지 않았다. 음식물을 먹다 흘리거나 누군가를 붙들고 신세 한탄을 하거나 침을 뱉거나 하지도 않았다. 지퍼를 다 올리지 않은 채 성급하게 화장실에서 나오며 하던 말을 잇지 않았고 이 새끼야, 라고 조카들을 부르지 않았다. 친척들 사이에서는 숙부의 그런 성향들이 모두 '호텔식'이라는 말로 정리되었다.

호텔에서 일했으니까 어떻게 보면 일리가 있었는데, 문제는 그 호텔식이라는 말이 일종의 야유처럼 쓰인다는 데 있었다. 형님, 아무리 취했어도 양말은 신으세요, 라고 숙부가 말하면 식당 의자에 비스듬히 기대앉아 소주 두 병을 비워 낸 큰숙부가 불콰해진 얼굴로 야, 그거 호텔식이냐, 하며 코웃음 쳤다. 숙부들은 정말 술고래를 지나쳐 왕년에 술로 사고들을 두루 쳐 본 환자들이라 끝도 없이 마셔 댔다. 노란 맥주 한 잔을 앞에 두고 그 주정들을 지켜보며 자리를 지켜 내는 건 늘 막내숙부 혼자였다.

내가 미대에 진학하느라 돈이 필요했을 때나 해경이 몸이 아파 급전을 당겨야 했을 때마다 숙부가 도와주었어도 나는 언제나 그

선의에 어딘가 찜찜함을 느끼는 쪽이었다. 그건 아마도 숙부의 삶이 다른 숙부들의 인생처럼 머릿속에 명확히 요약되지 않기 때문인지도 몰랐다. 다른 숙부들은, 당사자들은 인정하지 않겠지만, 서로 비슷비슷한 방식으로 인생을 망쳐 가며 나이가 들었다. 번갈아 가며 사업을 벌였지만 아무리 싱싱한 의욕으로 시작한 일이라도 곧 절임 배추처럼 시들해졌고 노래방 십팔번처럼 친근한 실패 속에서도 경쟁하듯 자식들을 낳아 종국에는 자기 자신들을 증오하게 했다. 정치와 사회적 이슈에 대해서도 한 고견씩을 가지고 있었는데 알코올중독 치료를 받는 와중에도 그런 시민으로서의 자기 존재화는 중요해서 가족 모임 때마다 공회전하는 분노와 함께 늘 싸움의 원인이 되었다. 하지만 숙부는 그렇지 않았다. 매사에 딱히 자기 의견이랄 게 없었다. 호텔 지배인이라는 게 결국에는 서비스직이니까 감정 노동을 하느라 그렇게 되었나 보다, 아니면 해경의 말대로 워낙 고급 직종에서 일해서 그런가 생각했지만 아니었다. 감추고 있을 뿐이었다.

언젠가 숙부가 해고된 직원에게서 항의 전화를 받는 장면을 본 적이 있었다. 보름달이 휘영청 떠 있어서 그 아래의 모든 풍경이 환하게, 어딘가 적나라하고 뻔뻔하다 싶게 환하던 밤이었다. 통화 내내 숙부가 한 말은 흡연을 했지, 그건 분명하잖나, 내가 다 봤어 같은 것이었다. 작업장 내 흡연은 해고 사유야, 나는 봤어. 자네가 식재료 창고에서 그 가늘고 긴 에쎄를 두 개비나 피웠잖나, 나는 봤다고, 나는 봤다니까. 숙부의 말투는 차분했지만 그래서 상대에게는 더 위협적으로 들릴 것 같았다. 숙부는 시선을 느꼈는지 힐끔 내 쪽을 봤고 화장실을 다녀왔을 땐 어느새 다른 숙부들 사이에 앉아 있었다. 그때 나는 숙부를 보는 내 시선이 미세하게 달라졌다고 느꼈다. 그전에 숙부가 친척들 사이에 어색하게 놓인 목각인형 같았다면 그 후로는 뭐랄까, 내 편에서 마침 바라다보이던 중국집 어항 속의 비단잉어 같달까. 내 팔뚝만 한 크기의 그 비단잉어는 녹조 낀 물에서 조용히 헤엄치고 있었는데, 동작은 무심해 보여도 뒤룩뒤룩한 눈은 쉴 새 없이 움직이고 있었다. 하지만 그렇게 끊임없이 살펴도 어항의 투명한 벽에는 계속 부딪히니까 긴 수염이 난 주둥이에는 붉은 흠집이 나 있었고, 비늘들이 떨어져 나간 자리에는 흰 살이 드러난 채 혈관이 비쳤다. 그날 나갈 때쯤 어린 조카 하나가 카운터의 화상(華商)에게 잉어는 몇 살이에요? 하고 물었는데, 화상이 장난으로 백 살! 하자 어른, 아이 할 것 없이 와 하— 하고 웃었다. 하지만 나는 하나도 웃기지 않고 소름이 오소소하게 돋았다. 왠지 숙부는 정말 백 살까지 장수할 것 같았다. 그러면 내가 일흔이 되는데 그때 다른 숙부들은 간경화 따위로 다 죽고 없을 테니까 이번에는 숙부의 고요한 시선을 받아야 할 사람은 나일 것 같았다. 그리고 그때쯤에는 나도 다른 숙부들처럼 어떤 적개와 분노 그리고 충분히 실패한 사람이 가지는 묘한 체념과 안정을 터득한 늙은이가 되어 있을 것이고.

하카타에서 일박하는 날 밤에는 그래도 여행이니까 음주를 했다. 천변 야시장에 있는 사케집에서였다. 우리는 작은 족자가 걸린 나무 벽 밑에 앉았는데, 거기에는 하이쿠가 몇 줄 적혀 있었다. 사케집 상호이기도 한 '간추미마이'가 그 하이쿠에서 왔고 그건 추운 겨울을 나는 친구에게 보내는 편지의 안부 인사를 뜻한다고 숙부가 설명해 주었다. 상중인 사람이나 고인에게 안부를 물었다가 비보를 알게 돼 애도하며 다시 편지할 때도 쓰는 말이라고.

사실 일본어를 잘하는 건 숙부만이 아니었다. 다른 형제들도 꽤 했다. 그건 그들이 시골에서 차례차례 상경했을 때 먼저 자리 잡고 있던 큰숙부의 도움으로 동부이촌동 일본인 마을에 있던 '미쓰비시 잡화점'에서 일했기 때문이었다. 제법 크고 유명했던 그 쇼핑센터는 식료품과 함께 일본에서 수입한 가전부터 의류까지 모든 물건을 취급했다.

나는 숙부에게서 잔을 받아—어른은 공경해야 하니까—고개를 옆으로 하고 홀짝 마셨다. 화제는 다시 흘러 호텔 이야기로 넘어갔다. 숙부는 삼십 년 동안의 호텔 근무가 얼마나 힘들었는지 그날 밤에 다 요약하려는 기세로 내내 떠들었다. 진상 손님에서 시작해 규율을 매번 어기는 직원들, 유통 기한 지난 치즈며 살라미를 쓰는 뷔페식당, 더러운 지하실과 식자재 창고, 룸 컨디션이 엉망인 객실들을 하나하나 복기해 불평했는데, 나는 애초에 그런 말을 들을 의욕이 없었고 오직 해경만이 그랬구나, 오빠, 그랬어, 고생이 많았어, 하고 장단을 맞춰 주었다.

"뭐가 그래 그렇게 힘들었수? 뭐가?"

"사람이 제일 힘들지."

숙부는 숨을 아주 길게 몰아쉬었다. 그리고 언제나 VIP 룸에 머물렀던 어느 미술관 관장에 대해 이야기했는데, 그는 호텔에 머물지만 호텔 직원들과 마주치고 싶지는 않은 사람이었다고 했다. 세탁을 신청하거나 룸서비스를 주문하고 나서는 직원이 그것을 문 앞에 놓고 재빨리 사라지기를 바랐다. 그래서 세탁할 옷도 언제나 문손잡이에 걸거나 복도에 던져 놓았는데, 어느 날 그걸 가지러 갔던 숙부가 타이밍을 맞추지 못해 관장과 맞닥뜨렸다고 했다. VIP 룸의 문이 딸깍 열리는 순간 숙부는 어디에 숨어야 하나, 뭐라고 변명을 해야 할까 긴장했는데 복도에 또 다른 세탁물을 추가로 던지기 위해서 나왔던 그 관장은 숙부를 발견하자마자 소리를 질렀고……. 거기까지 말한 숙부가 문득 말을 멈췄다.

"그래서 어떻게 됐는데요?"

나는 여행 온 이래 가장 적극적인 태도로 물었지만 숙부는 대답이 없었다. 더 이상 말은 않지만 회상은 계속되는지 숙부의 입이 점점 벌어지기 시작했다. 밑에서 누군가 잡아당기는 것처럼 불수의적으로 벌어지는 입의 지름과 각도가 그 일의 강렬함이랄까, 끔찍함이랄까, 하는 것을 번역하고 있었다. 숙부는 그렇게 기억 속에 빨려들어 가 턱을 떨어뜨리다가도 침을 닦으면서 들어 올렸는데 그렇게 스읍, 하고 주의를 환기해 보는데도 막무가내로 빠져드는 기억이란 무엇일까 나는 조바심이 났고 이윽고 숙부는 아주 조그마한 소리로 "눈을 감으라고 했지."라고 했다.

"눈을 감으라고 했다고요?"

"응, 그러면 없는 거나 마찬가지니까."

나는 눈을 감으라는 게 뭐가 그렇게 큰 모욕인가 싶어서 김이 샜다. 해경은 숙부의 손을 잡으며 고생이 많았다고 다시 한번 위로했다.

"왜 눈을 감으라고 해. 멀쩡히 보는 눈을. 그런데 오빠, 그 사람도 다 죽습니다. 돈 많다고 안 죽는 거 아니에요. 안 죽는다고 좋은 것도 아니고요."

하지만 숙부는 해경의 그런 다정한 위로에는 반응하지 않고 사케 잔을 종업원에게 내밀면서 잇파이, 한 잔 더, 라고 외쳤다. 나는 대체 그것이 왜 그렇게 모욕적인지 묻고 싶었지만 됐다 그래라, 하는 심정으로 더 묻지 않고 어포만 질겅질겅 씹었다. 기분이 착 가라앉았고 오직 뜨거운 사케만이 나를 구해 줄 유일한 손길인 듯해 두 손으로 맞잡았다. 숙부도 말없이 서비스 안주로 나온 풋콩을 까서 입안에 넣었다. 소금물에 데친 풋콩이 그렇게 맛있을 수가 없다고 했다.

우리는 이번에도 당연히 택시를 타고 숙소로 돌아왔다. 그날 밤, 숙부가 머무는 옆방에서는 심한 잠꼬대 소리가 들려왔다. 으으, 하고 앓는 소리 같기도 고함을 지르는 것 같기도 어떻게 들으면 웃는 것 같기도 한 이상한 소리였다. 나는 한 번도 숙부네 집에서 잔 적이 없으니까 숙부가 그렇게 잠버릇이 나쁜지는 몰랐는데, 그렇게 밖까지 퍼지는 소리를 들으니 이틀간 같은 료칸에서 지낼

일이 걱정되기 시작했다. 몽유병이 있는 건 아니겠지 생각하며 뒤척이는데 눈을 감고 있는 것이 그렇게 큰 모욕이었다는 말이 떠올랐다. 자는 동안에는 눈을 감을 수밖에 없으니까 숙부에게는 어떤 모욕이 참을 수 없이 반복되는지도 모를 일이었다.

3

료칸에서 제공한 송영 밴을 타고 유후인 기차역에서 료칸으로 가는 길은 울창한 삼나무 숲이었다. 그렇게 하늘로 뻗은 나무들은 맑은 날에는 이국적인 정취와 함께 아름다움을 느끼게 해 주었겠지만 우리가 찾은 날에는 태풍의 거센 빗줄기 속에 꺾이고 흔들리면서 아우성치고 있었다. 행인도 보이지 않고 상점들도 대부분 닫혀서 괴괴한 풍경이었다. 그래도 우리는 여행객이니까 아무리 1002헥토파스칼의 태풍이 이 지방을 관통하더라도 풍경의 즐거움을 포기할 수는 없었다.

"비가 오니까 숲이 더 운치가 있네."

어떤 나무는 꺾여서 저러다 부러지지 않을까 걱정하고 있는데 해경이 말했다. 숙부는 어제보다 얼굴이 더 좋지 않았고 말이 없었다. 내가 슬쩍 어제 무슨 나쁜 꿈 꿨어요, 숙부? 하자 숙부는 한참 생각하더니 아니, 아주 죽은듯이 잤는데, 라고 대답했다.

료칸은 모두 여덟 채였고 완벽히 분리된 공간에서 머물 수 있게 집과 집 사이에도 나무와 낮은 담이 자리해 있었다. 밴에서 짐을 내리는데 해경이 "연이다, 연."이라며 가리켰다. 나도 일만 평으로 넓게 펼쳐진 녹지의 저쪽 언덕에서 달려오는 그 빠르고 작은 물체가 정말 연인 줄 알았다. 그런데 좀 더 가까워지자 개 두 마리였다. 풀숲을 헤치고 마치 가오리연처럼 미끄러져 내려오고 있었다. 개들은 순식간에 우리 앞에 서더니 냄새를 맡았고 료칸 직원이 짐을 내려 로비로 가져가는 동안 우리와 같은 밴을 타고 온 아이들과 어울렸다. 한 마리는 진돗개처럼 생긴 꽤 큰 개였고 한 마리는 테리어종이었다. 몸체의 흰색과 뚜렷하게 구별되는 검은 머리가 특징이었다. 아이들이 그 경중대는 개를 붙들며 이름을 묻는 듯했고 직원은 친절하게 상체를 약간 숙여서 큰 개와 검은 머리 개를 연이어 가리키며 모리와 무라라고 했다. 모리는 숲에서 온 산개였고 무라는 읍에서 온 개라서 그렇다고 숙부가 전해 주었다. 그렇게 다르게 살아온 개가 어울려서 살 수도 있는 거구나 싶었다. 료칸에는 다다미로 된 방과 거실이 있었고 기역 자 발코니에는 온천물이 나오는 욕조가 있었다. 발코니 창을 열자 바람이 들어와 마치 수색하듯 우리의 옷가지와 짐들을 건드리고 사라졌다. 우리는 지쳐서 대화도 없이 방안에 널브러졌다.

　한참 있다 숙부는 온천욕을 하려는지 반바지와 러닝셔츠 바람으로 휘적휘적 걸어 발코니로 갔다. 그리고 몸을 씻는지 어쩌는지 한동안 돌아오지 않았다. 해경은 집에서와 마찬가지로 소파에 앉아서 알아듣지도 못하는 텔레비전 방송을 보았다. 상당한 채널이 태풍에 직격탄을 맞은 동네들, 흙탕물, 넘실대는 바다, 부러진 전

신주, 탈선한 기차, 날아간 집과 내려앉은 집, 무너진 산과 숲을 다루고 있었고 한 채널에서는 모두 나들이 복장을 하고 스튜디오 안에 가짜 조경을 한 뒤 돗자리를 펴 놓고 거기서 꽃놀이를 하고 있었다. 몇몇은 아이처럼 차려입었고 또 누구는 노인 흉내를 내고 있으니 아마 대가족이 등장하는 역할극인 것 같았는데, 가족도 가짜이고 꽃도 가짜이고 그러면 당연히 웃음도 기쁨도 가짜이고 그렇다면 진짜인 건 해경이 그걸 보고 있다는 사실뿐인데 중간에 해경이 길게 하품을 해서 어쩌면 시선만 머물 뿐 보는 것도 가짜일까 생각했다. 그때 누군가 현관을 두드리는 소리가 났다. 처음에는 바람 소리를 잘못 들었나 싶었지만 분명 노크 소리였다.

"누구세요?"

나는 한국말로 했다가 여기는 일본이니까 적어도 영어를 써야 하지 않을까 뒤늦게 생각했는데, 여태껏 뭘 했는지 몸이 하나도 젖지 않은 숙부가 거실로 돌아와 "난다요?" 하고 소리쳤다. 밖에서 들려온 건 여자의 상냥한 목소리였다. 저녁이 준비되었다고 알리는 것이었다. 인터폰이 말썽이라 직접 전할 수밖에 없었다고. 해경이 온천도 하지 않고 발코니에서 뭘 했냐고 묻자 숙부는 개들을 구경했다고 대답했다. 개들이 꼬리를 치며 발코니까지 다가왔다고, 부르지 않았는데도.

식당에 가 보니 유카타를 입은 사람은 숙부만이 아니었다. 바람이 불면 모든 게 훤히 드러날 것 같은 그 얇은 가운 따위를 입고 서너 명의 남자들이 피곤한 기색으로 앉아 있었다. 사시미와 나베,

생선구이와 튀김, 삶은 계란과 두부 같은 수십 가지 반찬이 나오는 동안 우리는 말이 없었다. 숙부는 차례로 놓였다가 차례로 치워지는 접시들을 세고 있다가 식사가 끝날 즈음에야 그게 뭐가 중요한지 서른한 개야, 라고 했다. 접시가 다 서른한 개였다고. 우리는 식당이 문을 닫을 때까지 느리게 음식을 먹었다. 나올 때는 료칸 어딘가에 있다는 대온천장에 갈 생각이었지만 광풍 때문에 숙소로 돌아가기도 힘들었다. 누구도 어두운 길을 걸어 그 욕장을 찾아가자고 제안하지 않았다. 우산을 써도 인정사정없이 우리를 갈기는 비를 뚫고 숙소로 돌아왔을 때 숙부는 슬리퍼 한 짝까지 잃어버린 상태였다.

"오빠, 발이 왜 그래요?"

그제야 숙부는 흙탕물에 다 젖은 자신의 왼발을 내려다보았다. 몸은 늙어도 발은 늙지 않는 건지 그것은 숙부의 몸에서 가장 매끈하고 하얘서 싱싱해 보였다. 해경이 우리가 걸어온 그 어둡고 바람이 세차게 부는 쪽을 바라보았다. 가서 한번 찾아볼까요, 하고 내가 말했지만 진심은 아니었고 그런데도 그런 말을 한 건 어떤 민망함을 이기기 위해서였다. 숙부가 근무했던, 적갈색 대리석이 깔린 호텔 로비에서 구두를 신었다고는 믿을 수 없게 조용하고 상쾌한 몸짓으로 버릇인지 아니면 매뉴얼이 그런지 두 손을 맞잡은 채 상냥하게 걸어 나오곤 하던 숙부를 생각하면 슬리퍼 한 짝이 어디로 갔는지 몰라 자기가 걸어온 방향을 시무룩하게 바라보는 지금의 숙부를 지켜보는 일에는 분명 면구스러운 데가 있었다. 어쩐지 그건 부끄러움을 나눠 가지는 것이기도 했고 동시에 명백한 거리를 유지하는 것이기도 했다.

"괜찮아요, 아 괜찮지, 그깟 슬리퍼 얼마나 한다고."

해경이 숙부의 소매를 툭툭 쳤고 그것이 마치 신호인 것처럼 우리는 숙소로 재빨리 들어갔다. 그렇게 비를 맞고 나니 발코니에 나가서 온천을 하고 싶은 생각은 더더욱 들지 않았다. 숙부가 자기가 알고 있는 다도법이라며 꽤 복잡하게 끓여 낸 녹차를 마시면서 우리는 기역 자로 꺾여 목이 부러질 것 같은 나무들을, 그 위협적인 태풍의 밤을 통유리창으로 지켜보았다. 숙부는 유리창에 면해 있는 테이블에 앉아 있다가 중간중간 창밖을 보면서 개인가, 하고 말했다. 저기 개가 왔나 봐. 하지만 개들은 아까 식당 옆에 있는 자기네 집에서 꼬리를 흔들고 있지 않았나. 숙부가 가리키는 쪽을 바라봤지만 거기에서는 뭐가 있다고도 없다고도 할 수 없는 애매한 형질의 움직임 같은 것이 느껴질 뿐이었다.

"오빠 뭐래요? 태풍이 어떻게 된다는 거예요?"

해경이 부르자 숙부는 소파로 가서 JR 노선이 태풍으로 운행 정지되었다는 우울한 소식을 통역해 들려주었다. 그렇지 않아도 일본 여행 카페를 통해 태풍의 경로에 대해서는 이미 알고 있었다. 유후인에서 내일 나가야 하는 한국인들이 기차역에서 만나 택시를 대절해 보자는 게시 글을 올리며 의논하고 있었다.

차를 마신 숙부는 자기 방으로 돌아가 무슨 책을 읽는가 싶더니 코를 골기 시작했다. 해경도 텔레비전을 보다가 잠이 들고 나도 헤드폰을 쓴 채 꾸벅꾸벅 졸았다. 거기에는 나와 운주가 열렬히 좋아했던 록 밴드 오아시스가 걱정하지 마, 너무 많이 울지 마, 하고 노래하고 있었다. 우리는 모두 별과 같아서 모두 다 사라지지. 하지만 그런 서정적인 가사와 리듬 사이에서 갑자기 난다요, 하는 소리가 들렸다. 나는 그 상냥한 직원이 또 방문했나 싶어서 일어났는데, 그건 숙부의 방에서 들리는 소리였다. 숙부는 일어서서 창문 쪽을 보며 떨리는 목소리로 난다요, 하고 묻고 있었다. 창밖을 보니 거기 숲 쪽에는 정말 검정 물체가 있긴 했는데 사람이라면 웅크리고 있는 것이었고 사람이 아니라면 어떤 물건이 던져져 있는 것이었다. 숙부는 난다요, 하고 다시 물었고 그 검정 물체는 움직이면서 멀리 식당 조명에 그림자가 조금 더 길어지더니 이내 사라졌다.

4

다음 날 아침 숙부는 일어나 텔레비전을 튼 다음 화장실로 가서 볼일을 보았다. 그리고 당뇨와 관련한 흰색의 알약들을 먹고 스트레칭을 한 다음, 태풍은 오늘이 절정일 거라고 알려 주었다. 나는 우산을 들고 식당으로 가면서 어제 개가 맞겠죠 했는데, 숙부는 그래, 그게 아마 개가 아니었을까…… 하고 말을 흐렸다. 식사를 하고 내가 포털에서 제공하는 번역기를 돌려 모리와 무라가 돌아다닙니까? 하고 묻자 직원은 그렇다고 고개를 끄덕였다. 모리와 무라는 어디든 돌아다닙니다. 가고 싶은 곳에 갑니다. 불편합니까? 그러자 숙부는 다이조부, 괜찮아, 라고 했고 멘톨이 묻어 있는 이 쑤시개를 들고 호기롭게 식당을 나섰다.

그리고 우리는 아무리 비가 온다 해도 이 비싼 료칸의 시설을 이용하지 않을 수는 없다며 이번에는 운동화를 신고 대온천장으로 내려갔다. 하지만 해경과 내가 들어가 본 그 욕장은 지붕이 날아가고 나뭇가지와 나뭇잎과 어디선가 날려 온 쓰레기들로 곤죽이 되어 있어서 발조차 담글 수가 없었다.

그렇게 해서 또 여행의 하루가 갔다. 정오가 되면서 바람은 너무 세져서 작은 나무들이 뽑히는 과정을 직접 목격했고 순찰을 도는지 경광등을 단 차가 온종일 오갔다. 뻐꾸기시계의 작은 새처럼 아가씨가 와서 때마다 점심과 저녁을 알렸고 우리는 우산을 쓰고 식당으로 건너가 밥을 먹었다. 아무런 스펙터클도 사건도 없는 여정의 오후였다.

그래도 해가 지자 여행의 마지막 밤이니까 우리는 미리 사 두었던 과자를 풀어서 다시 술을 마셨다. 이번 이야기는 큰숙부에 관한 것이었다. 숙부들은 미쓰비시 잡화점에서 마련해 준 '하꼬방'에서 삼 년을 지냈는데 사장이 얼마나 인색한지 환경이 아주 열악했다고 했다. 해경은 초등학교만 나와서 그 잡화점에 취직조차 할 수 없었지만 사장의 배려로 오빠들과 함께 살 수는 있었는데, 이미 그때부터 어떤 난관들에 익숙해진 소녀이기는 했지만 출근 준비를 한번 하려면 화장실 앞에 삼십 분은 길게 줄을 서야 했던 생활은 자신을 아주 지치게 만들었다고 했다. 젊다는 것조차 거추장스럽고 수치스럽던 때였다고. 그 시절은 다른 숙부들도 자주 하는 이야기였다. 그러면서 숙부들은 사장이 아니라 큰숙부를 더 욕했다. 일본인 사장에게 잘 보이려고 알아서 기었다는 얘기였다. 수도를 못 쓰게 했잖아요, 둘째 숙부가 말하면 셋째 숙부가 솔직히 형이 여자 데려온 날, 그 방만 난방을 했잖아, 하고 숙모가 앞에 있는데도 그런 얘기를 물색없이 했다. 그쪽 굴뚝에만 연기가 나는 걸 내가 동상이 걸린 발로 울면서 봤다고요. 셋째 숙부는 그때 동상에 걸려 아직도 발바닥이 아프다고 했다. 거기에 얼음이 아주 박혀 버려 겨울마다 다리를 절며 걷는다고.

"에이 그런 게 어딨어요. 몇십 년 전 얼음이 어떻게 아직도 거기 박혀 있어요?"

"다정아 그게 그런 게 아니야. 그렇게 언 발에는 얼음이 박힌다. 그게 봄여름 잠깐 숨었다가 겨울 되면 다시 나타나. 안 사라져, 꼭 나타나는 거야."

셋째 숙부는 그런 말을 하며 울상을 짓다가 목구멍을 홧홧하게 하는 고량주로 겨우 기분을 회복하곤 했다. 그래서 여행까지 와서는 그런 애달픈 사연과 눈물 바람이 반복되겠구나 했는데, 숙부가 회상한 건 엉뚱하게도 그 잡화점에 있었던 항아리였다. 명절이나 크리스마스가 되면 잡화점은 물건 판 돈을 정리할 시간도 없이 바빠서 돈을 그냥 항아리에 쏟아 두었다고 했다.

"많았지."

숙부가 말했다.

"오빠, 그때가 그래도 호시절 아니었어요?"

"그랬지. 호시절이었지."

그런 말은 평생 발바닥에 바늘처럼 박혀 있는 추위와는 너무 다른 기억이라서 뭔가 이상했지만 어차피 내가 태어나기도 전의 일들이니 알 바는 아니었다. 그렇게 시들시들 술자리가 끝나 가는데 이야기 끝에 그런데 오빠 생각나요, 하고 해경이 물었다.

"생각나지."

"저도 자꾸 생각나요. 그렇잖아요. 걔가 그렇게 죽었으니까요, 평생 생각나더라고요."

숙부는 그렇지, 하고 대답했다. 누가 죽었냐고 묻자 둘은 대답 없이 이제 잘 준비나 하자고 했다. 뭐가 그렇게 좋았는지 그래도 여행이 좋지 않았어요? 하고 해경이 말하니까 숙부는 좋지, 나오면 늘 좋아, 하고 대답했다. 바람 소리를 들어서는 태풍이 드디어 우리의 머리 위로 내려앉는 것 같았다. 숙부는 아까 직원이 와서 주고 간 손전등을 딸깍딸깍 켜 보면서 밤을 대비했다. 나는 그래도 이게 여행이니까, 제발 오늘 밤은 숙부도 숙면할 수 있기를 바라면서 잠에 들었다. 다행히 숙부의 방에서는 아무 소리도 들리지 않는데 화장실을 가기 위해서 잠깐 일어났다가 들여다보니 숙부는 마치 목이 꺾인 사람처럼 서서 어딘가를 향해 머리를 조아리고 있었다. 미동도 하지 않아서 자는지 안 자는지도 알 수가 없었다. 대체 누구에게 저러고 있는 걸까, 하고 숙부가 서 있는 편을 봐도 거기에는 숲이 있을 뿐 아무것도 없었다.

5

그해 겨울, 숙부가 심장 질환으로 세상을 떠났을 때 나는 우리가 함께했던 그 여행의 밤들을 떠올릴 수밖에 없었다. 소리를 지르고 개들의 그림자를 두려워하며 머리를 조아리고 있던 숙부의 이상한 밤들에 대해. 여행지에서만 그랬는지, 평소에도 그렇게 밤을 보냈는지는 아는 사람이 없을 것이었다.

숙부는 종교가 있었기 때문에 우리 중 아무도 제사를 지내야 한다고 하는 사람은 없었다. 다만 명절이나 숙부의 기일이 되면 나는 그때 숙부가 하카타에서 열심히 까먹던 풋콩을 삶았다. 풋콩을 삶는 비릿한 냄새는 태풍을 맞아 흔들리고 부러졌던 삼나무 숲을 떠올리게 했다. 그건 숲이 맹렬히 흔들려 무언가를 갈아엎고 변화시키는 냄새, 죽을 것과 남길 것을 엄격하게 구분하는 비정한 자연의 냄새처럼 느껴졌다. 풋콩을 삶은 날에는 운주가 옆에서 정종을 중탕으로 데웠다. 그리고 풋콩과 정종을 놓고 묵념을 좀 하다가 그것을 나눠 마셨다. 누군가가 남긴 유산으로 하는 결혼이란 지독한 블랙 코미디 같은 것이기도 하지만 우리는 그리 나쁘지 않은 순간들을 맞으면서 지내고 있었다. 어떤 불행이 올 것인가 살피지도 않았고 아무 나쁜 일이 없으리라 낙관하지도 않았다. 다만 생이라는 것이 우리를 위한 최소한의 자비 같은 것을 남겨 놓아 비정하게 말하자면 숙부가 죽고 우리가 다시 만나 결혼할 수 있게 된 것이라고 여겼다.

해경은 우리 결혼을 그리 축하하지도 반대하지도 않았지만 숙부의 죽음에는 깊은 상처를 받았다. 나는 숙부의 죽음에 우리가 갔던 그 여행, 누구나 가고 누구나 돌아오는, 개들이 뛰놀고 서른한 접시의 반찬이 있는 흔하디흔한 온천 여행이 왠지 어떤 역할을 했으리라 생각하면서도 그 말은 하지 않았다. 그건 해경을 너무 슬프게 하는 말이니까. 다만 그때 대화 중에 나왔던 죽은 사람이 누구냐고 물어보기는 했다. 해경은 자기가 그렇게 말한 사실조차 모르고 있다가 며칠이 지나서야 미쓰비시 잡화점에서의 일이었다고 했다. 숙부들과 함께 상경해 잡화점에 다녔던 그들의 사촌이 손목시계를 훔쳐서 난리가 났다고. 그때 훔친 건 그리 비싼 시계도 아니었지만 큰숙부는 그 사촌은 물론이고 나머지 숙부들까지 매장에 꿇어앉혀 용서를 빌게 했다고 했다. 사촌의 목에는 나는 도둑놈입니다. 하지만 한국인들은 정직합니다, 라는 일본어 표찰이 걸렸는데, 그 말을 정성 들여 쓴 사람이 숙부였고 그 아이디어를 낸 사람도 숙부였다. 사촌은 그 표찰을 건 채 사흘 동안 일하는 것으로 처벌을 대신했지만 오 일째 되는 날 스스로 목숨을 끊었다.

그 말을 들은 뒤에 나는 풋콩을 더 많이 삶았고 데운 정종을 더 오래 마셨다. 그때마다 우리가 이별하려던 봄밤, 드롭스 통을 내려놓던 남자의 손 같은 것이 떠올랐고 운주가 내밀었던 오천 원짜리 지폐가 뭔가 의미심장하게 느껴졌다. 어쩌면 그것이 우리가 다시 만날 수 있었던 이유이기도 하지 않았을까 하는 생각이 들었다.

운주는 숙부를 한 번도 보지 못했지만 그를 삼십 년 동안 호텔에서 일하며 깨끗하고 단정하게 살다 간 사람으로 기억했다. 나도 그 밖의 이야기는 하지 않았다. 하지만 내게 숙부는 호텔 지배인으로서의 번듯한 모습도, 은퇴 후에 매고 있던 타이를 풀듯 그간의 체통 같은 것을 다 풀어 버리고 화를 참을 수 없어 뻐끔대던 늙은이도 아닌 슬리퍼 한 짝을 잃어버린 채 망연해하던 사람으로만 남았다. 그렇게 짝짝이가 된 발을 뒤늦게 알고 부끄러워하던, 1971년 고향에서 올라와 서울에서 생을 마친 사람. 그리고 또 하나, 료칸에서 나오기 전 우리는 발코니에 나가 몸 한 번 담그지 못한 노천탕을 마지막으로 구경했는데, 숙부가 나무바가지로 거기 떨어져 있던 거미를 떠서 옮겨 주던 기억. 그런 장면을 생각하면 어린 시절부터 아무래도 미심쩍어 경계했던 숙부의 어떤 면들도 비단잉어의 흐드러지는 지느러미들이 불러일으키는 생경하고 이물거리는 톤 정도로 약화되었다. 어쨌든 그 여름 그 여행을 통해 나는 비로소 나의 가계, 나의 숙부의 삶을 요약하게 된 것이었다.

이장욱

2005년 문학수첩작가상을 받으며 소설을 발표하기 시작했다. 소설집『고백의 제왕』, 『기린이 아닌 모든 것』,『에이프릴 마치의 사랑』, 장편 소설『칼로의 유쾌한 악마들』, 『천국보다 낯선』,『캐럴』등을 썼다. 문지문학상, 김유정문학상, 젊은작가상 등을 수상 했다.

절반 이상의 하루오

1

　내 일본의 친구의 이름은 다카하시 하루오(高橋春夫)인데, 그는 일본인답지 않게 여행을 매우 좋아했기 때문에 전 세계에 친구를 가지고 있었다. 하루오 자신의 말을 그대로 옮기면 이렇다. 나, 하루오는 일본보다 다른 나라에 친구들이 더 많다.

　실제로 세어 보지는 않았다고 하지만 아마 사실일 거라고 생각한다. 그는 연중 일본보다 일본 바깥에 있는 시간이 더 길고, 일본에 있을 때는 "죽은 듯이" 시간을 보낸다고 한다. 아무도 만나지 않고 아무런 활동도 하지 않는다. 일부러 그러는 건 아닌데, 지내고 보면 그렇게 된다는 것이다. 심해어나 바다거북처럼 시간을 보내다가 문득 비행기를 타고 다른 나라로 날아간다. 그게 나, 다카하시 하루오가 살아가는 방식이다. 그는 그렇게 말했다.

그럼 무슨 돈으로 생계를 유지하는가? 여행은 무슨 돈으로 다니는가?

이것은 나의 질문이었지만, 곧 우문임이 밝혀졌다. 나는 여행을 하는 것이 직업이고, 여행을 함으로써 생계를 유지한다—는 것이다.

하루오의 대답은 사실이었다. 그의 홈페이지를 방문해 보면 유수의 다국적 기업들이 배너 광고를 띄워 놓고 있었다. 한 귀퉁이에는 내가 일하는 외국계 회사의 광고도 보였다. 마케팅 코디네이션 팀—이라고는 하지만 몇 안 되는 국내 대리점들의 공동 프로모션을 관리하는 수준—에서 일하게 된 지 얼마 되지 않았지만, 앞으로 해외 쪽으로 나가게 될지도 몰랐다. 그건 내가 바라는 바였다.

하루오는 영어로 홈페이지를 운영하고 있었는데, 그는 거기에 자신의 여행담을 연재하는 중이었다. 그 여행담은 꽤나 인기가 있는 모양이어서 전 세계에 폭넓은 독자층을 갖고 있었다. 조회 수를 보면 1만 회는 보통이었고, 어떤 게시물은 10만을 넘기는 경우도 있었다. 덕분에 그는 세계 각국의 다종다양한 잡지에 자신의 글을 싣게 되었고, 책도 몇 권 냈다고 했다. 그리고 언젠가부터 여행은 그의 취미가 아니라 직업이 되었다는 것이다.

나는 영어 공부 삼아서 자주 그의 홈페이지에 들렀다. 하루오의 문장은 대개 단문이었고 어려운 단어는 거의 없었다. 영어는 하루오에게도 내게도 외국어였고, 바로 그래서 편하기도 했다.

그의 글은 여행 정보를 전달하는 유형은 아니었다. 파리에 가면 노천 주점에서 홍합 요리를 먹어 보라거나, 페테르부르크에서는 예르미타시보다 러시아 미술관이 좋다거나, 뉴올리언스라면 밤의 버번 스트리트를 강추한다거나—그런 글이 아니라는 뜻이다. 일본과 비교하자면 이곳은 이렇고 저곳은 저런다는 식의 내용도 없었다. 그는 관광지를 소개하지도 않았고 특별히 일본인으로서 글을 쓰지도 않았다. 그렇다고 맛깔스러운 에세이나 지적이고 감성적인 여행기도 딱히 아니었다. 나로서는 그런 것이 왜 그리 인기가 있는지 알 수 없을 정도로 그냥 무색무취하다고 해야 할까. 그러면서도 나 자신부터 그의 게시물들을 멍하니 읽고 있으니 신기하다면 신기한 노릇이었다. 글에다가 중세의 마법 같은 걸 걸어 놓은 게 아닌가 싶을 정도였다.

사실 그는 자신의 행적을 글과 사진을 통해 노출할 뿐이었다. '노출'이라고 해서 사생활을 까발리면서 쾌감을 얻는다는 뜻은 아니다. 말하자면 자신이 있는 곳에서 자연스럽게 살아가는 모습을 옮겨 적는다고 하는 편이 옳았다. 그곳이 뉴욕 타임스 스퀘어이건 치앙콩의 후미진 골목길이건 개의치 않는다는 투였다. 타임스 스퀘어에서는 뉴요커처럼 살았고 치앙콩에서는 치앙콩에서 나고 자란 태국인인 듯이 살았다. 그랬다. '살았다'고 말할 수밖에 없는 방식으로, 하루오는 여행을 했다. 그걸 '여행'이라고 할 수 있다면 말이지만.

어쨌든 낯설고 새로운 게 없지 않을 텐데, 하루오는 그런 것에 별다른 관심이 없는 것 같았다. 기껏해야 자기가 어디에 있는 건지 갑자기 어리둥절해졌다는, 그런 정도의 느낌뿐이었다. 낯섦에 관심이 없는 여행가라니, 이건 거리 풍경에서 매일 신기함을 느끼는 노선버스 기사만큼이나 도대체 말이 안 되는 게 아닌가.

나는 그렇게 생각했지만, 독자들 가운데 실제로 '프렌드'가 된 사람들도 있다고 하루오는 말했다. 어떤 친구는 온라인의 글로만 알고 있다가 우연히 여행을 간 곳에 살고 있어서 만나게 되고, 어떤 친구는 여행길에서 만났다가 나중에 그의 홈페이지에 들어와 연락을 주고받게 되고, 그렇다는 것이다.

우리—나와 그녀—로 말하자면, 후자의 경우였다. 여행 중에 만난 뒤 홈페이지에 들어가 독자가 되었다는 뜻이다.

2

하루오를 만난 건 몇 해 전 델리에서 바라나시로 가는 야간열차 안에서였다. 그녀와 나는 만난 이후 처음으로—실은 처음이자 마지막으로—함께 여행을 떠난 참이었다. 그것도 해외여행을.

사실 그녀는 외국이 익숙했지만, 나는 그렇지 않았다. 그때 나는 추리닝에 토익책을 끼고 사는 취업 준비생이었다. 고교 시절까지만 해도 파일럿이 장래 희망이었지만 해외여행이라고는 중국에 가 본 게 전부인 위인이 나였다. 그것도 아버지가 추진한 동네 노인회의 마을 여행에 억지로 끼어서였다. 사내는 모름지기 넓은 세상을 알아야 한다—그게 아버지가 나를 어르신들의 중국 여행에 끼워 넣은 이유였다. 당신 자신이 비행기를 처음 타 본다는 이야기는 하지 않았다. 내가 그때 '중원'의 넓은 세상에 나가서 한 것이라고는 건강식품을 파는 상점에서 판매원의 지루한 설명을 들으며 물건을 집었다 놨다 했던 것뿐이다.

그녀는 달랐다. 전 세계에 라인을 갖고 있는 외국계 항공사의 객실 승무원이 되었으니까. 나는 파일럿이 꿈이었으되 책상머리에 앉아 핏발 선 눈으로 컴퓨터 화면을 노려보는 사무직원이 될 것이었고, 그녀는 안정된 공무원이 꿈이었으나 고도 9천 미터의 허공에서 일하는 스튜어디스가 될 것이었다. 이제 막 입사했을 뿐이지만 인천을 베이스로 미주 등지를 왕복하게 될 그녀의 미래는 밝았다. 미국 내의 호텔에서 퍼 디엠(체류비)을 받으며 머물 자격이 있는 인생이라는 얘기다.

그러니까 이건 거대한 쇳덩어리인데 허공에 붕 뜰 수 있단 말야. 가벼운 솜털이 가지 못하는 곳을 무거운 쇳덩어리는 왕래할 수 있다는 거지. 그녀는 첫 비행을 마치고 난 소감을 그렇게 말했다. 얼굴이 달떠 있었다. 꽤나 과학적인 소감이네—나는 그렇게 이죽거릴 뻔했지만, 그녀는 내 기분을 알아차리지 못하고 말을 이었다.

하룻밤 내내 비행기를 타고 머나먼 도시로 날아갔다가, 그곳의 호텔에서 시간을 보내고 다시 돌아오는 생활인 거야. 바다 건너의 마천루에 도착하면, 스무 시간밖에 날아가지 않았는데도 이틀이 지나 있는 거지. 돌아올 때는 반대야. 스무 시간이나 날아왔는데도 두 시간밖에 안 지나 있어. 시간을 호주머니에 넣었다가 다시 꺼내는 꼴이랄까.

그녀는 갓 내린 커피를 마시며 대단히 흥미롭다는 어조로 말했다. 그날 우리는 만난 뒤 처음으로 술을 마시지 않고 헤어졌다.

그녀 역시 내 꿈이 비행사였다는 걸 알고 있었다. 어렸을 때는 아카데미의 팬텀 시리즈나 하세가와 모델 들을 수집했고 나중에 항공 학교로 진학하는 걸 당연하게 생각할 정도였다. 집에서도 물론 반대하지 않았다. 문제는 시력이었는데, 고교 때 시력이 급격히 안 좋아졌기 때문에 안경을 써야 했던 것이다. 중대한 결격 사유였다. 하지만 나는 꿈을 접지 않았다. 부모님을 졸라 라식 수술을 받은 것이다.

그리고 그것으로, 모든 꿈이 물거품처럼 사라졌다. 나중에 알게 된 사실이지만 눈 수술은 치명적이었다. 신체검사 때 의사는 이렇게 말했다. 비행기라는 건 전후좌우뿐 아니라 위아래로도 움직이는 기계지. 비행사는 급격한 중력의 변화에 견뎌야 해. 그런데 라식은 망막을 깎아 내는 수술이야. 결론은? 기압이 갑자기 바뀌면 시야가 흐려질 수도 있고, 최악의 경우 안구 자체가 터져 버릴 수도 있다는 거지.

나는 하늘에서 안구가 터지는 상상을 했다. 수없이 했다. 구름 속을 날아가다가 갑자기 거대한 태풍을 만난다. 기체가 상하좌우로 급격히 흔들린다. 그러다 문득 태풍의 눈으로 진입한다. 태풍의 눈은 고요로 가득하다. 그 고요의 한가운데서 갑자기 안구가 펑, 터져 버리는 것이다. 시야가 사라진다. 시야가 캄캄해지는 게 아니라, 시야라는 것 자체가 그냥 없어진다는 뜻이다. 상상력이 꿈을 죽이기도 한다는 것을, 나는 그때 알았다. 이불을 뒤집어쓰고 상상을 반복한 끝에, 나는 흔쾌히 꿈을 접을 수 있었다.

하지만 요즘도 출장을 갈 때마다 공항에 들어서면 묘한 느낌이 든다. 그곳에서는 모두들 제 몸만큼 커다란 가방을 두어 개씩 끌고 머나먼 곳으로 떠나거나 머나먼 곳에서 돌아온다. 그런 곳에서 정장을 한 채 보딩 패스를 받고, 수화물을 보내고, 출국 심사를 받기 위해 줄을 서서 허공을 바라보고 있으면…… 하릴없는 생각들이 나를 사로잡는 것이다. 세상의 모든 목적지들이란 어떻게 태어나는 것일까. 사람에게 목적지가 필요한 게 아니라 목적지가 사람들을 필요로 하는 게 아닐까. 인간이 떠나고 돌아오는 게 아니라 떠날 곳과 돌아올 곳이 인간들을 주고받는 게 아닐까—알록달록한 표지로 된 서양 잠언집의 문장 같은, 그런 생각들 말이다. 그러니까, 그녀에게 여행을 제안한 건 나였다.

열차는 꽤 지저분했다. 침대차였지만 쿠페식이 아니라 개방형이었다. 위아래로 두 칸씩의 침대가 마주 보는 형태였다. 바닥에는 오물들이 흩어져 있고 상한 과일 냄새 같은 것이 차내를 흘러 다녔다. 나와 그녀는 냄새 같은 것은 아랑곳없이 창밖과 열차 안을 번갈아 가며 구경하고 있었다. 한국을 떠날 때는 한겨울이었는데 인도에 도착하니 초가을이구나. 그녀가 하나 마나 한 말을 중얼거렸다. 그게 지구라는 물건이야. 나 역시 하나 마나 한 말로 대꾸했다. 과연 그렇다고, 그녀는 고개를 끄덕였다. 낮의 창밖으로는 어느 나라에나 있을 법한 정겨운 시골 풍경이 지나갔고 밤의 창밖으로는 역시 어느 나라에나 있을 법한 캄캄한 어둠이 흘러가고 있었다.

시타푸르쯤을 지날 때였던가. 열차 안에서 바닥의 오물들을 치우기 시작한 사람이 있었다. 잠을 자거나 무료하게 시간을 보내고 있는 사람들 사이에 얌전히 앉아 있다가 문득 몸을 일으키더니, 어디선가 빗자루와 걸레를 가져와 물까지 슬슬 뿌려 가며 객차 바닥을 청소하기 시작한 것이다. 중키에 호리호리한 체구의 젊은 남자였다. 남자가 그 열차의 직원이 아니라는 것은 누구나 알 수 있었다. 낡은 면바지에 헐렁한 그레이 티셔츠를 걸친, 평범한 복장을 하고 있었으니까.

저 사람, 뭐 하는 거야? 그녀가 남자 쪽을 턱으로 가리켰다. 다른 승객들 역시 그런 남자를 이상하다는 듯이 바라보고 있었다. 남자는 웃음 띤 얼굴로 승객들과 인사까지 나누며 청소를 계속하고 있었다. 남자가 가까이 다가왔을 때에야, 우리는 그의 얼굴이 인도인과는 다르다는 것을 깨달았다.

남자가 내 자리까지 와서 다리를 들어 달라고 청했다. 나로서는 자연스럽게 그에게 말을 걸 기회가 생긴 셈인데, 내 입에서 나온 영어란 겨우 이런 것이었다.

당신은, 무엇을 하고 있습니까?

남자는 고개를 들어 나를 바라보더니 당연하다는 듯 대답했다.

나는, 청소를 하고 있습니다.

그의 싱거운 대답에 나는 다시 질문했다.

내 말의 뜻은, 왜 당신이 청소를 하고 있는가 하는 것입니다.

나는 '당신이'에 강세를 두고 말했다. 남자는 무표정하게 나를 바라보며 대답했다.

왜 내가 청소를 하면 안 되는 것입니까?

남자 역시 '내가'에 힘을 주어 대답했다. 나는 어이가 없어져서 실없는 웃음을 터뜨리고 말았다. 그녀가 끼어들었다.

이곳은 인도이고, 우리가 있는 곳은 다른 곳도 아닌 야간열차 안입니다. 인도의 열차는 대개 이렇게 지저분하고 오래된 것들입니다. 그것은 자연스러운 것입니다. 그것 자체가 인도의 일부라고 할 수 있습니다. 당신은 직원이 아니라 승객이며, 그렇기 때문에 청소를 할 필요가 없다고 우리는 생각합니다.

거의 연설에 가까운 그녀의 말을 듣고 나더니, 남자는 천진한 표정으로 빙긋, 웃었다. 그리고 그가 한 말은 다소 뜻밖의 것이었다.

당신들과 나는, 친구가 되도록 합시다.

그것이 하루오와의 첫 만남이었다.

그 후 우리는 정말 '프렌드'가 되었다. 하루오의 얼굴을 보고 있다가, 그녀와 나 역시 서로를 마주 보며 빙긋, 웃고 말았으니까. 우리가 웃는 이유를 우리 자신도 딱히 잘은 모르겠다는, 그런 표정으로.

3

하루오는 짐을 챙겨 우리 자리로 옮겨 왔다. 그리고 그 밤의 열차 안에서 내내 오랜 친구처럼 이야기를 나누었다. 처음 만났을 때조차 전혀 어색하게 느껴지지 않았다는 건 좀 의아한 일이지만, 하루오는 공기처럼 자연스럽게 우리에게 스며들었다.

말하자면 이런 느낌이었다. 여행자인 그녀와 나는 이쪽에 있고, 여행지의 풍경과 사람들이 저쪽에 있다. 이쪽과 저쪽은 서로를 바라보지만 그 사이를 가로지르는 유리 벽 같은 게 있다. 우리는 유리 벽 저편의 세계를 구경하고 저편의 세계는 우리에게서 어떤 식으로든 수수료를 받는다. 여행이든 관광이든, 우리가 그 풍경 속에서 살아간다고는 할 수 없으니까.

그런데 그 중간에 하루오가 슥 들어와 양쪽의 경계를 흩뜨려 놓는다. 유리 벽 같은 것이 갑자기 사라져 버려서 바깥의 공기가 밀려 들어온다. 그런 것이다.

새벽의 바라나시에 도착한 우리는 역시 같은 게스트 하우스에 여장을 풀었다. 우리는 함께 노천카페에서 인도 맥주를 마셨고, 오토릭샤들이 윙윙거리며 내달리는 바자르를 헤맸으며, 갠지스 강 변의 가트(계단)에 앉아 이런저런 이야기를 나누었다. 하루오는 처음부터 우리와 함께 떠나온 사람처럼 자연스러웠고, 그녀와 나 역시 그걸 자연스럽게 여겼다.

그게 하루오가 가진 기묘한 재능이라는 것은 나중에서야 깨달

왔던 것 같다. 하루오와 맥주를 마시며 떠들고 있으면 내가 외국의 언어를 쓰고 있다는 느낌이 사라지곤 했다. 하루오와 바자르를 헤맬 때는 그녀보다 더 오래 알고 지낸 옛 친구와 걷고 있다는 착각에 빠지기도 했다. 그녀보다 더—라는 표현을 빼고 말하긴 했지만, 내 의견을 듣자마자 그녀도 동의를 표했다.

하지만 하루오가 우리 곁에만 붙어 지냈던 것은 아니다. 하루오에게는 하루오의 여행이 있다는 식이랄까. 하루오는 자주 사라졌다. 밤새도록 어딘가를 돌아다니다가 아침에 개처럼 지친 몰골로 나타나기도 했고, 어디선가 오토릭샤를 빌려 와 먼지 날리는 시골길을 혼자 달리기도 했다. 인도인 친구들이라며 낯선 사람들을 게스트 하우스로 데려와 짜이[茶]를 마신 일도 있었는데, 그럴 때 둥글게 앉아 있는 인도 사람들 사이에 일본인이 끼어 있다고 생각할 사람은 거의 없었다.

하루오는 하루오의 주위에 아무도 없는 것처럼 자연스럽게 행동했다. 때로는 하루오 자신이 이미 하루오가 아닌 것처럼 보이기도 했다. 한번은 게스트 하우스에서 가까운 바자르를 지나가다가 인도산 액세서리들을 파는 상인을 물끄러미 바라본 적이 있다. 저 사람, 어딘지 낯이 익다—는 느낌이 들어서였다. 잠시 후 그녀와 나는 입을 딱 벌릴 수밖에 없었다. 그 복잡한 시장통에 좌판을 벌여 놓고 액세서리를 팔고 있는 것은, 다름 아닌 하루오였다. 인도인 친구에게서 물품을 받아 파는 것이라고 말할 때의 하루오가 어찌나 천연덕스럽던지, 그가 이곳에서 나고 자란 사람이 아닌가 착각할 정도였다.

　너는 내가 알고 있는 일본인과 다르다─고 하루오에게 말한 적
이 있다. 그때 하루오는 내 얼굴을 멍청하게 쳐다보더니, 너도 내
가 알고 있는 한국인과 다르다─고 대꾸했다. 예의 그 빙긋, 하는
웃음과 함께였다. 그건 당연한 일 아니냐는 투였다. 옆에 있던 그
녀가 나를 향해 편견이 너무 많다고 비난한 것 역시 당연한지도 모
른다. '일본인답지 않게 여행을 좋아하는 하루오' 어쩌고 한 것을
두고 하는 말이었다. 하긴 이 글의 첫 문장도 그렇게 시작했으니
나로서는 할 말이 없는 셈이다.

　게다가 하루오는 엄밀히 말해서 전형적인 일본인도 아니었다.
하루오의 외할아버지는 미국이었고, 하루오의 어머니는 오키나
와 태생이라는 것이다. 오키나와라면, 하고 그녀가 말했다. 대만
쪽에 있는 그 섬들인가? 류큐 제도라고 하던가?

　하루오가 고개를 끄덕였다. 오키나와인들은 일본인이라고 할
수도 없고 일본인이 아니라고 할 수도 없고, 그렇다던데. 그녀가
애매하게 뇌까렸다. 그때 하루오가 던진 농담은 이런 것이었다.

　말하자면, 절반 이상의 하루오는 어딘지 다른 하루오이다
─라고.

　오키나와에서 나고 자란 하루오는 도쿄의 큰아버지 집으로 이
주한 뒤에 이런저런 불행에 시달렸다고 한다. 하루오가 도쿄로 오
자마자 오키나와의 부모님이 이혼한 게 첫 번째였다. 게다가 학교

에서는 왕따에 시달렸다. 일본인으로서는 어딘지 모르게 이상한 외모에 말수가 적은 하루오로서는 교실이라는 우주에 적응하는 것이 가장 힘든 일이었다. 게다가 지원한 대학에는 보기 좋게 낙방까지 해 버렸던 것이다.

하루오는 큰아버지 집을 나와 무작정 여행을 떠났다고 한다. 일종의 '자살 여행'이었지. 삶에 의욕이 없었고 죽음에 특별한 거부반응이 없었기 때문에, 라고 하루오는 설명했다.

죽기 전에 그간 모아 둔 돈을 모두 털어 여행을 가기로 마음먹은 하루오는, 절망에 빠진 청년답게 무작정 북극에 가고 싶다고 생각했다. 하지만 경제 사정 등 여러 이유 때문에 결국 가까운 한국을 택했다고 한다. 부산에서 출발해 서울, 춘천, 속초를 거쳐 7번 국도를 타고 내려와 부산으로 돌아가는 루트였다.

여행의 첫날, 하루오는 이상한 느낌을 받았다고 한다. 부산 뒷골목의 어느 게스트 하우스에서—아마도 그건 모텔이나 여관일 거라고 그녀가 정정해 주었다—머물게 된 하루오는 전에 없이 길고 깊은 잠을 잤다. 깨어 보니 낯선 방이었다. 몇 겹의 삶이 지나간 듯 오래 잔 느낌이었다. 그 아침, 천장을 바라보며 누워 있던 하루오는 어쩐지 바다 밑바닥에서 빠져나오는 기분으로 몸을 일으켰다. 창문을 열고 소음으로 가득한 거리를 내려다보았다. 희미한 햇살이 있었고, 자동차들이 무수히 지나다녔고, 매연이 뒤섞인 찬 공기가 창문으로 밀려들었다. 하루오는 아, 하고 짧은 신음을 내뱉었다. 어딘지 모르게, 그것은 새로운 세계였던 것이다.

아침 식사를 하기 위해 거리로 나갔다가 하루오는 사소하지만 기묘한 경험을 하게 된다. 길 저편에서 다가오던 젊은 여자 하나가 하루오에게 이렇게 물었던 것이다.

혹시…… 도를 믿으시나요?

하루오는 여자를 멍하니 쳐다보았다. 자신이 도를 믿는지 아닌지 알 수 없다는 표정을 짓고 있다가, 하루오는 자기도 모르게 빙긋, 웃음을 흘렸다. 여자도 하루오의 얼굴을 쳐다보고 있다가 그를 따라서 빙긋, 웃었다. 그것으로 그만이었다. 어쩐지 서로 더 이상 말이 필요 없어진 듯한, 그런 기분이 된 것이다.

여자를 지나쳐 걸어가다가 하루오는 문득 이상한 느낌이 들었다. 여자가 한 말이 영어가 아니라는 것을 깨달았던 것이다. 물론 일본어도 아니었다. 발음으로 보아—하루오는 그 발음을 또렷이 떠올릴 수 있다고 했다—그것은 확실히 한국어였다. 자신이 아는 한국어라고는 김치와 불고기, 그리고 안녕하세요, 라는 인사말뿐이라고, 하루오는 덧붙였다.

여자와 헤어지고 찬 공기가 흘러 다니는 거리를 걸어가면서, 하루오는 기이하게도 죽고 싶었던 마음이 어디론가 사라져 버렸다는 사실을 깨달았다. 그것을 하루오는 이렇게 표현했다. 말하자면 그건, 나라는 존재가 5센티미터쯤 다른 세계로 옮겨진 것 같은, 그런 순간이 아니었을까. 어쩌면 정말 도를 알게 된 것인지도 모르지만.

믿거나 말거나, 그건 겨울의 부산 남포동 거리에서 있었던 일이

분명하다—고 하루오는 진지한 표정으로 말했다.

4

　바라나시를 떠나기 전날 밤이었다. 우리는 게스트 하우스의 방에 앉아 술을 마셨다. 하루오가 들고 온 포도주였다. 그녀와 나는 인도와 갠지스강에 대해 여행자들다운 대화를 나누었다. 인도의 현재는 갠지스강의 신비와 IT 산업의 결합이다, 라든가, 조지 해리슨은 갠지스강 변에서 죽음을 기다리면서 무슨 생각을 했을까, 같은 싱거운 이야기들이었다. 하루오는 간간이 웃어 주었을 뿐이다.

　잠시 옅은 잠이 든 모양이었다. 어둠이 깊다는 느낌이 들었다. 깊은 물속에 잠겨 있는 기분이었다. 새벽 2, 3시는 된 듯했다. 나는 술을 마시던 그대로 침대 위에 누운 채였다.

　어둠 속에서 하루오와 그녀가 이야기를 나누는 소리가 아련하게 들려왔다. 물속에서 들려오는 대화 같았다. 나는 무거운 눈꺼풀을 조금 들어 올렸다. 하루오와 그녀가 눈에 들어왔다. 창밖에서 스며든 희미한 불빛이 하루오와 그녀에게 부드러운 실루엣을 만들어 주었다. 그들은 나란히 앉아 가만히 손을 잡은 채 이야기를 나누고 있었다. 아주 오랜 연인들처럼 자연스러워 보였다.

　이것은 밤과, 어둠과, 희미하고 연약하게 심장이 뛰는 물속의 풍경이라고 나는 생각했다. 그들의 모습이 너무 아늑하고 고요해 보여서, 나는 내가 깨어 있다는 기척조차 낼 수 없었다.

나는 물고기처럼 다시 잠에 빠져들었다.

아침에는 잔뜩 날이 흐려 있었다. 우리는 마지막으로 갠지스강에 나가 보기로 했다.

우리는 아무런 목적 없이 걸었는데, 발이 멈춘 곳은 버닝 가트였다. 버닝 가트는 일종의 화장터로, 계단들 사이사이의 석조 제단에 장작이 쌓여 있고 그 곁에 천으로 싸맨 시신이 순서를 기다리는 곳이다. 한쪽에서는 이미 장작불이 타오르고 있었다.

우리는 가트 주변을 걸었다. 바람을 타고 검은 재가 점점이 우리를 지나갔다. 검은 재는 불규칙하게 흩날리다가 우리의 머리와 어깨에 내려앉았다. 그녀와 나는 곧 델리로 돌아가 인천행 비행기를 탈 것이었다. 하루오는 바라나시에서 네팔을 거쳐 방글라데시까지 내려가 볼 요량이라고 했다. 거기 어디서 일본으로 돌아갔다가, 두어 달 뒤에는 남미를 돈 뒤에 쿠바를 거쳐 북미로 향할 거라는 계획도 덧붙였다. 일본에 있을 때는 "죽은 듯이" 시간을 보낸다는 이야기도 그때 들은 것이다.

버닝 가트 뒤쪽으로 천으로 싸맨 시신들이 드문드문 수레 위에 놓여 있었다. 그 위로 빗방울이 떨어지기 시작했다. 천이 젖어 들고 있었다. 내 곁의 수레에 놓여 있던 시신의 윤곽이 스르르 드러나는 것을, 나는 물끄러미 바라보았다. 가슴과 허리의 굴곡, 가는 다리 선이 시신을 덮은 주홍색 천 위로 조금씩 도드라지고 있었다.

젊은 여성의 시신인 것 같았다. 나는 그 윤곽에서 시선을 떼지 못했다. 오늘은 춥네—나를 힐끗 바라본 그녀가 몸을 여미며 중얼거릴 때까지.

찬 안개가 물 위로 흘러 다니고 있었다. 인도의 아침이라고는 믿을 수 없을 정도로 체감 온도가 낮았다. 공기 중에 얼음을 몇 개 푼 것 같은 느낌이었다. 몇몇 인도인들만이 강물에 몸을 담그고 묵상을 하거나 가볍게 몸을 씻고 있었다.

강 저편은 황량해 보였다. 집도 사람도 보이지 않는 모래땅이었다. 그곳을 '죽음의 땅'이라고 부른다는 이야기는 게스트 하우스의 주인이 해 준 것이다. 가트에서 타고 남은 재들이 모두 그곳으로 흘러가기 때문에 붙은 말이라고 했다.

그녀와 나는 계단에 앉아 점점이 떨어지는 빗방울을 맞으며 강과 강 저편을 바라보고 있었다. 우리가 무언가 생각을 하고 있던 것 같지는 않다. 그저 물 위를 떠가는 재들을 바라보고 있었을 뿐이다. 아니면 재들이 우리를 바라보고 있었는지도 모르지만.

그때 우리의 눈에 들어온 물체가 있었다. 그것은 강물에 떠 있었는데, 가만히 보니 남자의 머리였다. 남자는 물 위로 머리를 내놓은 채 흘러가고 있었다. 처음에는 시신인가 싶었지만, 때때로 팔을 들어 물을 젓기도 하는 것으로 보아 헤엄을 치고 있는 게 틀림없었다. 그것은 확실히, 배영이었다.

간혹 수영을 하는 사람은 본 적이 있지만, 빗방울까지 듣는 차가운 아침에 배영이라니. 그녀와 나의 멍한 표정이 일그러지는 데는 그리 오랜 시간이 걸리지 않았다. 수영을 하고 있는 사람은 바로 하루오였던 것이다. 어느 결엔가 또 우리 곁에서 사라진 하루오가, 거기 물 위에 있었다.

하루오는 머리를 물 밖으로 내놓고 하늘을 바라보며 간간이 물을 저으며 흘러가고 있었다. '흘러가고 있다'고 표현할 수밖에 없는 속도였다. 아마도 강의 저편에 닿을 요량인지도 몰랐다. 하루오 주위의 수면에는 시신을 태우고 난 뿌연 재들이 형체 아닌 형체를 이루어 떠내려가고 있었다. 그런 하루오의 모습을, 우리는 가트에 앉은 채 멍하니 바라보고 있었다.

그녀가 중얼거리듯 말했다.

하루오가…… 떠내려가네.

나 역시 중얼거리듯 뭐라 대꾸했는데, 내 입에서 튀어나온 말은 나 자신에게도 어리둥절한 것이었다.

아무래도…… 절반 이상의 하루오니까.

그녀가 나를 돌아보았다. 내 목소리가 어딘지 퉁명스럽게 들린 모양이었다.

5

한국에 돌아온 뒤 나는 하루오의 홈페이지에 들러 그의 여행기 아닌 여행기를 읽기 시작했다. 어쩐지 탐닉이라고 해도 좋을 만한 열정이었던 것으로 기억한다.

한 게시물에서 하루오는 인도에서 만난 '프렌드'로 그녀와 나를 소개하고 있었다. 그것은 무관심도 아니었고 과도한 애정도 아니었다. 우리를 묘사의 대상으로 삼지도 않고 주인공으로 삼지도 않는다는 느낌이었다. 그냥 그녀와 내가 그의 글에서 숨 쉬고 있을 뿐이었다. 카트만두를 거쳐 치타공까지 가면서도 하루오는 황량하고 아득한 그곳의 풍광에 감탄하지 않았다. 그는 여행길에서 만난 이들과 자신이 어떻게 지냈는지, 어떤 음식을 먹을 때 어떤 생각이 떠올랐는지, 그런 시시콜콜한 것들을 기록해 놓고 있었다. 얼마 뒤 문득 쿠바의 음악을 들려주면서도 이것은 단지 음악일 뿐이라는 듯 말했으며, 멕시코의 거리에서 목격한 강도 사건을 적으면서도 나리타의 어디인 것처럼 쓰고 있었다. 하지만 이상하게도 그 모든 글들에서 내가 떠올린 것은, 재와 함께 갠지스강 물 위를 떠가는 하루오의 모습이었다.

세월은 빠르게 흘러갔다. 하루오의 홈페이지를 방문하는 빈도는 눈에 띄게 줄어들었다. 시간이 흐르니까 어쩔 수 없지, 하는 느낌이었지만 실제로는 그의 글에 대해 그리 흥미를 느끼지 않게 되었다고 하는 편이 옳았다. 하루오는 그토록 많은 장소들에서 살아가고 있었지만, 그의 글이 나에게 주는 인상은 점점 희미해지고 있었다.

그의 글을 읽으며 느꼈던, 이유를 알 수 없는 탐닉도 거의 사라졌다. 마음이나 집중력이라는 것에도 탄생과 소멸의 주기가 있는 법이니까……라고 나는 생각했다. 아마도 그 때문일 것이다. 그녀와 내가 헤어진 것 역시.

어느 날인가 그녀가 나를 불러낸 적이 있다. 그녀는 2단짜리 캐리어를 끌고 비행기에서 내린 모습 그대로 내 사무실 앞에 서 있었다. 퇴근하는 길인 모양이었다. 두 손을 앞으로 모아 캐리어의 손잡이를 잡고, 그녀는 가만히 서서 나를 바라보고 있었다.

그런 그녀를 향해 한 걸음 한 걸음 다가가는데, 무언가 내 가슴속을 지나가고 있다는 느낌이 들었다. 한 줄기 텅 빈 바람인지도 모르고, 낡은 나무에서 마지막으로 떨어지는 잎사귀인지도 몰랐다. 이것으로 그녀와의 관계가 과거의 일이 되었다는 것을 나는 깨닫고 있었다. 그건 그녀도 마찬가지였던 모양이다. 그날 저녁 식사를 하면서 서로 눈이 마주쳤을 때, 우리는 동시에 어색한 미소를 지었다. 우리 두 사람 사이에 앉아 있는 타락한 천사가 우리의 표정에 무거운 돌을 하나씩 올려놓는 느낌이었다. 돌이 떨어지면 잠시 미소가 돌아오려 하고, 그러면 그 짓궂은 천사는 무거운 돌을 하나 더 올려놓는 것이다. 나는 하루오의 그 빙긋, 하는 웃음을 흉내 내 보려고 했지만 잘되지 않았다.

나는 생각했다. 뭐랄까, 이건 그냥 일상적인 사건인 거야. 그래서 지금 당장은 아무런 영향도 미치지 않을 테니 괜찮아. 나는 그녀와 헤어져 집에 가서 잠을 잘 것이고, 내일은 출근을 할 것이고, 그리고 아무 일도 일어나지 않을 것이다. 나는 그런 엉뚱한 생각을 하면서 그녀와 마주 앉은 시간을 흘려보냈다. 기린과 펠리컨이 같이 앉아 있는 것처럼, 서로 말이 없었다.

다음 날 밤 그녀가 전화를 걸어 왔다. 그리고 그 무렵 새로 사귄 미국인 애인에 대해 이야기했다. 새로 배운 악기라든가, 새로 익힌 외국어에 대해 설명하는 것 같은 어조였다. 같은 항공사에서 근무하면서 뭐가 어떻게 된 건지 모르게 자연스럽게 그렇게 되었다고 했다. 그것이 나와 헤어지게 된 원인인지 결과인지는 잘 모르겠다고, 그녀는 웃으면서 말했다. 나는 전화를 귀에 댄 채 고개를 끄덕였다.

어느 순간 인생은 '갑자기' 흘러가는 모양이다. 그 무렵 나는 같은 회사에서 근무하던 인턴 여직원과 가까워졌고, 모든 면에서 전형적인 연인 관계로 발전해 있었다. 고향에서 홀로 지내시던 아버지를 모셔 와 전쟁 같은 결혼식을 치른 것은 그로부터 얼마 뒤였다. 충동적으로 떠난 여행처럼, 모든 것이 내 곁을 획획 흘러간다는 느낌이었다. 결혼 생활은 순탄치 않았다. 나는 자꾸 밖으로 돌았고, 아내는 그런 나를 견디지 못했다. 절반 이상의 나는 어디 다른 곳에서 살고 있는 듯한 느낌이었다. 그건 아마도 아내 역시 마찬가지였을 것이다.

해외 전출을 희망했던 것과는 달리, 나는 국내 대리점 관리를 벗어나지 못했다. 그도 그럴 것이 미국에 본부를 둔 모회사가 휘청거리는 바람에 한국 지사 역시 인원 감축 등 사업 전반의 구조 조정이 시작되던 때였기 때문이다. 모든 것이 뜻대로 되지 않는다고 생각했지만, 실은 내 뜻이 무엇인지도 정확히 알 수 없었다. 원인과 결과가 마구 뒤섞이는 느낌이었다. 아내와는 한 해를 채우지 못하고 결국 이혼에 합의했다. 불행은 불행을 따라다니는 모양인지, 이혼 수속이 진행되는 와중에 아버지가 돌아가셨다.

아버지는 고향 집에서 눈을 감으셨는데, 나는 그걸 아버지의 작고 겸손한 행복이라고 생각했다. 아버지는 평생 한 번도 떠나지 않은 자신의 공간에서 고요히 눈을 감으신 것이다. 오래전 함께 중국 여행을 떠나기도 했던 동리 어르신들은 이제 거의 남아 있지 않았다. 절반 이상이 세상을 떠난 탓이기도 했지만, 한편으로는 근방에 생긴 리조트 덕분이기도 했다. 그쪽에 땅을 갖고 있던 몇몇 고향 어른들은 '한몫' 잡아서 도회로 나갔다고 했다. 반면 아버지를 포함한 토박이들은 리조트 건설 반대 시위를 벌이며 사이가 벌어졌다. 이후 리조트 쪽과 시청 쪽의 로비 몇 번에 시위는 유야무야되었다. 시간은 많은 것을 순식간에 바꿔 놓았다. 고향은 고향이었지만, 나로서는 아무런 미련이 남지 않는 고향이었다.

사흘간의 장례는 참으로 간소했다. 가까운 곳에 살던 몇몇 지인들이 찾아오고, 내 직장 사람들 중 친한 이들 몇몇이 내려와 술을 마셔 주고, 사설 공원묘지에 터를 구입해 아버지를 모시고, 장례가 끝난 뒤 아버지의 유품들을 정리하고, 사망 신고를 하고…….

읍내의 부동산에 작은 집과 쓸모없는 텃밭을 내놓고 나오는데, 아버지의 친구이기도 한 주인이 생전의 아버지를 회고했다. 멀쩡하던 양반이 갑자기 쓰러졌다 깨어난 와중이었기 때문에 더더욱 가슴이 아팠다고 덧붙이면서였다. 이보게, 여기가 어딘가? 내가 태어난 곳이 맞는가? 내가 태어난 곳은 어디로 사라졌는가? —아버지의 말을 들려준 뒤에 부동산 주인은 허공을 쳐다보며 안타까운 듯 혀를 찼다. 그래도 그 양반은 고향에서 뜨셨으니, 다행이지.

나는 정중한 인사를 건네고 부동산을 나왔다. 아마도 아버지의 옛 친구를 만나는 것도 마지막일 것이다. 집과 텃밭이 팔리면 전화와 팩스로 일을 처리할 것이었다.

나는 아버지의 방에서 아버지의 요를 깔고 누운 채 고향에서의 마지막 밤을 보냈다. 낡은 벽지가 그대로인 천장을 바라보며 붓꽃 무늬들을 하나하나 세었다. 50개쯤의 붓꽃까지 세다가 숫자를 놓치면 처음부터 다시 세었다. 2백 개쯤의 붓꽃까지 세다가 숫자를 놓치면 처음부터 다시 세었다. 5백 개쯤의 붓꽃까지 세다가 숫자를 놓치면 처음부터 다시 세었다.

그녀와는 가끔 연락하고 지냈다. 아내가 아니라 스튜어디스였던 그녀 말이다. 한번은 아주 오랜만에 저녁 식사를 함께한 적도 있다. 하필이면 우리가 처음 연애를 시작한 바로 그날이었다. 목소리들이 마구 날아다니는 술집에서, 대화라는 걸 생전 처음으로 해 보는 사람의 기분으로 그녀와 이야기를 나누던 오래전의 그날.

하필이면……이라고 했지만, 어쩌면 우리는 그날을 기억하고 있다가 우연을 빙자해 만난 것인지도 몰랐다. 다시 만날 것도 아니면서 옛 기념일이라니. 우리는 참 괴팍하군. 누가 먼저랄 것도 없이 그런 말들을 뱉어 놓고는 동시에 웃음을 터뜨렸다. 샐러드의 키위 드레싱이 좀 시었던지, 그녀가 얼굴을 찡그렸다. 내가 농담

삼아 물었다.

공중은 어때? 좋은 곳인가?

그녀는 뜻밖에 풀이 죽은 목소리로 탁자를 내려다보며 중얼거렸다.

공중은…… 외로운 곳이야. 창밖을 봐도 신호등도 없고, 마주 오는 구름을 향해 손을 흔들 수도 없고.

혼자 중얼거리듯 그녀는 말을 이었다.

공중에 있는 건 사람들뿐이지. 내가 시중들 사람들.

내가 짓궂게 반문했다.

비행기 속도가 시속 9백 킬로미터라면서? 선동렬이 던지는 공보다 여섯 배나 빨리 움직이는 기계 안에서 주스와 생수와 식사를 서비스하는 일이잖아. 설마, 그걸 모르고 시작했다는 말이야?

그녀의 얼굴에 힘없는 미소가 떠올랐다가 사라졌다. 그녀가 문득 하루오 이야기를 꺼낸 것은 그 무렵이었다.

하루오를 봤어.

하루오? 하루오? 아, 하루오.

나는 그녀의 입에서 하루오라는 이름이 나오자 가벼운 감탄을 뱉어 냈다. 물풀과 녹조와 쓰레기로 채워진 기억의 늪에 잠겨 있다가, 스르르 수면 위로 떠오르는 이름 같았다. 인도 여행을 한 지 꽤 된 데다 그간의 생활에 변화가 심했기 때문인지, 이젠 '올드 프렌드'라는 느낌마저 들었다.

그녀의 이야기는 다소 뜻밖이었다. 그녀가 하루오를 본 것은 디트로이트의 공항에서였다고 한다. 아니, 그게 하루오인지 아닌지도 확실하지 않지만—이라고 얼버무리면서 그녀가 말을 이었다.

그녀는 승무원 전용 라인에서 순서를 기다리고 있었다. 두 손을 모아 예의 그 2단 캐리어를 쥐고 정복을 입은 채였다. 그런데 옆쪽 외국인 입국자들이 수속을 밟는 웨이팅 라인 쪽에서 작은 소동이 벌어지고 있었다.

한 남자가 공항 경비대 소속 직원들과 실랑이를 벌이고 있었던 것이다. 남자는 간간이 괴성을 지르면서 항의했고, 직원 두 명이 남자의 양팔을 잡고 조사실로 동행을 요구하고 있었다. 낡은 청바지에 헐렁한 갈색 니트를 입은 동양계 남자였다. 목소리와 억양으로 보아 일본인인 듯했는데, '일본인답지 않게' 격렬히 항의하더라는 것이다.

저것은 하루오이다—라는 생각이 든 것은 실랑이를 벌이던 남자가 문득 그녀 쪽을 돌아보았을 때였다. 눈이 마주치는 순간 빙긋, 하는 웃음이 남자의 얼굴을 지나갔다고 생각한 것은, 아마도 자신의 착각이었을 거라고 그녀는 덧붙였다.

미국 공항에서는 전신 스캔이 '랜덤하게' 이루어진다고 그녀는 설명했다. 임의로 선택된 외국인 승객을 커다란 원통형 촬영실에 넣고 용의자처럼 두 팔을 들게 한 뒤 엑스레이 같은 것으로 전신을 스캔한다는 것이다. 9.11 테러 이후 강화된 조치라고 했다. 요구를 거부하면 때로는 입국 허가를 받지 못할 수도 있었다.

그녀는 하루오를 돕지 못했다고 한다. 몰려온 공항 경비대원들이 그를 조사실로 데려갔기 때문이었다. 단순한 항의를 넘어 일종의 난동을 부렸으니, 아마도 간단한 신상 조사 후 입국 거부 절차가 진행됐을지도 모르겠다고 그녀는 덧붙였다.

기념일이란 이렇게 쓸쓸한 것일까, 하는 생각을 나는 하고 있었다. 식당 창밖으로는 눈이 내리고 있었다. 겨울도 막바지인지라 소담스러운 눈송이는 아니었다. 젖은 눈, 젖은 눈, 나는 그렇게 중얼거렸다.

그녀는 앞으로의 계획에 대해 말했다. 조만간 항공사에서 근무하는 '캡틴'과 결혼이 예정돼 있으며, 로스앤젤레스에 정착할 계획이라는 얘기였다. 승무원 일은 이미 그만두었고, 한국은 이것으로 이별이라고 덧붙였다. 아주 길고 끝나지 않는 여행을 하게 된 셈이야, 라고 그녀는 말했다. 그래도 가끔은 놀러 와. 하나 마나 한 말을 뱉으며 고개를 끄덕였다.

헤어질 때 그녀가 지나가는 말인 듯 들려준 이야기는 이런 것이었다.

그때 바라나시의 게스트 하우스에서 하루오와 밤새 이야기를 나누었잖아.

그녀는 젖은 눈이 떨어지는 하늘에 시선을 두고 말했다.

너도 우리를 보고 있었으니까 기억하겠지. 그때 우리가 어떤 이야기를 나눴는지 알아?

나는 눈발이 굵어지는 하늘을 가만히 바라보았다.

나는 하루오가 아름답다고 말했어.

밤하늘에 시선을 둔 채 그녀가 말을 이었다.

그때도 하루오는 빙긋, 웃었는데, 그 웃음 뒤로 너무 쓸쓸한 표정이 떠오르는 거야.

그 표정 앞에서 그녀는 입을 다물 수밖에 없었다고 한다. 바라나시의 밤이 흘러가고 있었다. 그 어두운 방 안의 고요 속에서, 하루오가 지나가는 말인 듯 아닌 듯 이렇게 중얼거렸다고 한다.

아름다운 건, 하루오를 제외한 모든 것이다.

그게 하루오의 말이었는데, 어딘지 건조한 그 말이 그때는 아주 조용하고 희박한 공기처럼 느껴져서, 뭐라고 더 대꾸를 할 수가 없었다는 것이다. 그리고 그 순간, 그녀는 이상한 느낌이 들었다고 한다.

그녀가 젖은 눈을 손바닥으로 받으며 가만히 말했다.

작은 사랑이 하나 지나간 느낌이었어⋯⋯라고.

하루오에 대해서는 덧붙일 이야기가 하나 더 있다.

얼마 전부터 내가 일하는 한국 지사는 위기를 극복하고 회복세를 타고 있었다. 나는 오랜 무력감 속에 젖어든 채였지만, 회사는 정치권에 발이 넓다는 신임 회장의 강력한 의지에 힘입어 사세를 확장해 가고 있었다. 한국 지사가 동아시아 및 동남아시아 시장 쪽을 총괄하게 되면서 사내에는 고요한 흥분이 일고 있었다.

나는 해외 영업을 강화하려는 회사 프로젝트에 참여한 뒤로, 외국인 사원 신규 채용을 추진하는 일을 진행하게 되었다. 다양한 아시아계 외국인들을 선발하는 작업이었다.

뜻밖에도 나는 지원자들 가운데 하루오와 비슷한 일본인을 발견했다. 온라인으로 받은 지원서에는 다카하시 하루오가 아니라 하라 교스케라고 적혀 있었다. 하지만 사진으로 보아 그는 다카하시 하루오의 바로 그 눈매와 콧날과 입술을 가지고 있었다. 전체적인 인상은 지원서의 사진 쪽이 훨씬 날카로웠지만, 아무래도 하루오인걸, 하는 생각을 떨칠 수 없었다. 나는 반신반의했지만 확인할 방법은 없었다. 하루오의 홈페이지가 어느 날 문득 폐쇄된 뒤로, 그의 근황은 물론 글도 전혀 접할 수 없었기 때문이다.

면접 때, 하라 교스케를 직접 대면할 수 있었다. 하라 교스케는 스트라이프 양복을 맵시 있게 차려입고 입가에 절제된 미소를 띨 줄 아는 남자였다. 예의와 절도를 갖추었다는 느낌이 들었다. 일본의 소규모 무역 회사에서 인턴으로 근무한 적이 있고, 최근 한국 여성과 사귀게 되면서 한국의 문화에 깊은 관심을 갖게 되었다고 했다.

하라 씨는 혹시 다카하시 하루오라는 이름을 따로 쓰지 않으십니까?

나는 그렇게 물었다. 하라 교스케는 나를 보고 무슨 뜻이냐는 표정을 지으며 갸우뚱하더니 또박또박 답했다. 자신의 이름은 하라 교스케이며, 다카하시 하루오라는 이름은 알지 못한다는 것이었다.

면접이 끝난 그날 밤, 나는 혼자 집에서 술을 마시다가 하라 교스케의 번호를 찾아 전화를 걸었다. 하라 교스케는 인사 담당자가 밤늦게 전화를 건 게 이상한 모양이었다. 10시가 넘은 시간이니 당연한 반응이었다. 나는 아랑곳없이 질문을 던졌다.

하라 씨, 당신은 정말 다카하시 하루오가 아닙니까? 당신은 오래전에 여행에 대한, 아니 삶에 대한 블로그를 운영한 적이 있고, 인도에서 나를 만난 적이 있습니다.

영문을 모르겠다는 듯한 침묵이 지나간 뒤, 하라 씨가 말했다.

그렇습니다. 나는 오래전에 인도를 여행한 적이 있고, 블로그를 운영한 적이 있습니다. 하지만 그것은 여행이나 삶에 대한 것이 아니라 글로벌 트렌드에 대한 것입니다. 물론 글로벌 트렌드 역시 삶에 대한 것이기는 합니다만……. 어쨌든 나의 이름은 하라 교스케이며 다카하시 하루오라는 사람은 알지 못합니다.

나는 하라 씨의 말이 끝나기 무섭게, 이상한 열에 들떠서, 단호하게 말했다.

그렇죠? 당신은 역시 다카하시 하루오가 아닙니다. 당신은 다카하시 하루오여서는 안 됩니다. 다카하시 하루오는 여전히……

전화기 저편에서 하라 씨는 침묵을 지켰다.

…… 여행 중일 테니까요.

그렇게 말한 뒤 나는 일방적으로 전화를 끊었다. 독한 중국술이 담긴 술잔을 들어 입에 털어 넣었다.

얼마 뒤 나는 회사를 그만두었다.

사유는 여러 가지였다. 프로젝트가 지지부진해졌다는 것, 거기에는 나와 우리 팀원들의 책임도 있다는 것, 회사 쪽의 압박이 조금씩 들어오면서 팀 내 갈등이 심각해졌다는 것 등등.

나는 별다른 계획 없이 사표를 제출했다. 회사를 옮길 수도 있고, 어쨌든 홀몸이었으니 전혀 다른 일을 할 수도 있을 것이다. 하지만 마음은 어느 쪽으로도 움직이려 하지 않았다.

며칠 동안 침대에 누워 천장의 아라베스크 무늬들을 바라보며 시간을 보냈다. 3백 개쯤의 무늬까지 세다가 숫자를 놓치면 처음부터 다시 세었다. 7백 개쯤의 무늬까지 세다가 숫자를 놓치면 처음부터 다시 세었다. 9백 개쯤의 무늬까지 세다가 숫자를 놓치면 처음부터 다시 세었다. 1천 5백 개까지 세다가, 나는 문득 인터넷에 접속해 인도행 비행기 티켓을 구했다.

여행이나 다녀오자는 느낌도 아니었고, 도를 찾아가자는 마음도 아니었다. 이렇게 말해도 좋다면, 어쩐지 그래야 할 것 같았다고나 할까. 아마도 나는 델리로 가서 바라나시행 야간열차를 탈 것이었다. 잠을 자거나 무료하게 시간을 보내고 있는 사람들 사이에 얌전히 앉아 있다가 문득 몸을 일으켜 청소를 시작할 것이었다. 그렇게 하고 있으면 누군가 이렇게 말을 걸어올지도 모른다.

당신은 혹시 다카하시 하루오를 아십니까?

라고.

나는 빙긋, 웃으며 이렇게 대답할 것이다.

절반 이상의 하루오라면,
아마도.

김애란

2002년 단편 소설 「노크하지 않는 집」으로 대산대학문학상을 받으며 작품 활동을 시작했다. 소설집 『달려라, 아비』, 『침이 고인다』, 『비행운』, 『바깥은 여름』, 장편 소설 『두근두근 내 인생』 등을 썼다. 이상문학상, 동인문학상, 이효석문학상, 신동엽창작상, 김유정문학상, 젊은작가상 등을 수상했다.

06

숲 속 작은 집

오후에 시내에 나갔다 돌아오니 부엌 쓰레기통이 묘하게 틀어져 있었다. 한 번도 본 적 없는 각(角)이라 의아해하다 숙실 쪽을 향해 고개 돌리니 이번에는 발판 옆 실내화가 비뚜름 흩어진 게 보였다. 누군가 살짝 건드린 것도 같고 아닌 듯도 한 애매한 기울기였다. 숙실 열쇠를 쥔 채 발판 근처를 뚫어져라 쳐다보자 지호가 걱정스러운 듯 물었다.

— 왜 그래?

잠시 불길한 생각에 잠겼다 정수리에 묻은 눈을 털어 내듯 고개 저었다.

— 아무것도 아니야.

그러곤 허리 숙여 실내화 두 쌍을 곱게 모은 뒤 외출하기 전과 똑같은 상태로 나란히 두었다.

이튿날 지호와 교외 사원에 들렀다 밤늦게 귀가하니 쓰레기통이 또 비뚤어져 있었다. 어제보다 좀 더 과감한 각도로 누군가의 불만스러운 입술처럼 비죽 어긋나 있었다.

—이거 봤어?

캔 맥주와 말린 과일, 견과류 따위가 든 비닐봉지를 부엌 식탁에 내려놓으며 지호에게 물었다. 해가 지면 숙소에 모기향부터 피우는 지호가 한 손으로 성냥불을 흔들어 껐다. 그러곤 내 얼굴이 꽤 심각해 보였는지 꺼진 성냥을 든 채 개수대 쪽으로 다가왔다.

—뭐가?

—이거.

—이게 왜?

괜히 호들갑 떨고 싶지 않아 최대한 사실만 전하는 투로 답했다.

—삐뚤어졌잖아.

지호가 '그런가?' 하는 태도로 쓰레기통 주위를 살폈다. 그러곤 한쪽 발로 페달을 밟아 쓰레기통 뚜껑을 연 뒤 성냥개비를 가볍게 던져 넣었다.

—청소하다 잘못 건드렸나 보지.

왠지 개운치 않은 기분이 들었지만 지호 말에 수긍했다.

—그렇겠지?

그러곤 허리 숙여 두 손으로 쓰레기통 위치를 바로잡았다.

다음 날 야시장에 갔다 자정 무렵 돌아오니 숙소는 변한 게 없었다. 쓰레기통 각(角)도 실내화 선(線)도 우리가 집 나설 때 모습 그대로였다. 괜한 걱정을 했나 보다 안도하며 숙실로 들어섰다. 그러곤 어둠 속에서 거실 등을 켜는데 왠지 께름칙한 기분이 들었다. 딱 집어 말할 순 없지만 분명한 변화. 어깨에 멘 가방을 바닥에 내려놓고 천천히 주위를 둘러봤다. 그렇지만 정확히 뭐가 달라진 건지 알 수 없었다. 때마침 반쯤 열린 욕실 문 안에서 탄식에 가까운 신음이 들려왔다. 서둘러 소리가 난 쪽으로 가 보니 세면대 거울 앞에 선 지호가 보였다.

─왜 그래?

지호가 굳은 얼굴로 답했다.

─이것 좀 봐.

지호의 물 묻은 손가락을 따라 시선을 옮겼다. 지호가 왜 그런 반응을 보였는지 바로 이해할 수 있었다. 우리가 아침에 가지런히 열 맞춰 놓은 욕실용품이 하나같이 삐뚤빼뚤 모로 서 있었다. 누군가 실수로 건드린 게 아닌 공들여 흩뜨린 모양.

─자기가 그랬어?

그럴 리 없다는 걸 알면서도 무슨 말을 해야 할지 몰라 물었다. 지호가 한숨 쉬며 단호하게 답했다.

─아니.

팔 일 전 이곳에 처음 짐을 풀었다. 반년 전부터 수시로 숙박 사이트를 드나들다 큰맘 먹고 결제한 데였다. 여행 경험이 많진 않지만 전부터 비행기표 알아보는 걸 좋아했다. 앞으로 절대 가 볼일 없고, 가 보지 못할 나라라도 그랬다. 직장 일로 영혼이 어둑해지거나 인간에게 자주 실망할 때면 혼자 이국의 낯선 도시를 검색해 보곤 했다. 태블릿 피시와 다정히 얼굴을 맞댄 채 열대 지방 햇볕 쬐듯 전자파를 쐬었다. 세상에는 정말 많은 도시와 방이 있었다. 인터넷 덕에 이제 마음만 먹으면 누군가는 유럽의 수백 년 된성을 빌릴 수 있고, 성공한 현대 미술가나 살 법한 대도시의 감각적인 스튜디오도 구할 수 있었다. 극지방의 오두막이나 구 공산권국가의 아파트도 마찬가지였다. 거주 형태에 따라 가격은 천차만별이었다. 성수기와 비수기, 체류 기간에 따른 할인율도 달랐다. 세계 각국의 임대인과 임차인이 직접 거래하는 그 사이트는 어디선가 떠나오고 또 어딘가로 떠나가는 이들로 늘 북적였다. 세상에자기 좌표를 마음대로 옮길 수 있는 이들이 많지 않다는 걸 알면서도 인터넷에 뜬 후기나 사진을 보면 가끔 삶이 별거 아닌 것처럼느껴졌다. 우리 인생이 홀씨처럼 가볍고 클릭처럼 쉬운 것으로 여겨졌다. 그리고 어느 땐 바로 그 느낌이 그리워 숙박 사이트에 접속했다.

올겨울 우리 부부가 머물기로 한 곳은 한국에서 비행기로 일곱시간가량 걸리는 나라의 산악 도시였다. '날씨 좋고, 음식 맛있고,사람들이 착하다'는 평으로 요 몇 년 새 한국에서 인기가 급상승

한 데였다. 번화가의 몇몇 아파트를 두고 고민하다 교외 단독 주택을 예약했다. 시내에서 꽤 떨어졌지만 숙박료가 싸고 무엇보다 다른 데서 보기 힘든 원시림과 정원이 있어서였다. 투숙객 후기에 자주 등장한 '새소리'며 '풀벌레 소리', '별빛' 같은 단어도 마음을 흔들었고, 숙소에 딸린 작은 수영장도 내 오랜 허영을 자극하기 충분했다. 물론 선택에 가장 큰 영향을 준 건 가격이었다. 한 달 가까이 방이 아니라 집 한 채를 빌리는 데 국내 여행 예산보다 적은 비용이 나왔다. 현지 물가도 한국의 삼분의 일 수준이라 체류 부담이 덜했다. 다행히 지호에겐 가게 매니저가 있고 나는 명목상 프리랜서 웹 디자이너였다. 그래서 '바쁘단 핑계로 몇 년간 미룬 신혼여행을 이참에 다녀오자'고 내가 먼저 제안했다. 회사를 나온 것도 그 무렵이라 혼자 엑셀로 표도 만들고 이것저것 비교하며 꼼꼼하게 체류 계획을 세웠다.

숙소로 가는 길은 어둡고 으슥했다. 위성 지도론 그렇게 외져 보이지 않았는데. 과연 이런 데 사람이 살까 싶은 곳으로 택시가 들어가자 불안했다. 그렇다고 중간에 예약을 취소하거나 환불을 요구할 순 없었다. 체류 기간을 바꾸지 않는 조건으로 이미 숙박료를 크게 할인받아서였다. 한참 뒤 택시가 멈춘 곳은 담쟁이넝쿨로 덮인 어느 담벼락 근처였다. 거기 가로등 불빛 아래 한 백인 남성이 있었다. 오십 대 후반 정도 됐을까. 생각보다 작은 몸집에 잔근육이 눈에 띄었다. 남은 생을 건강과 명상에 집중하기로 한 중년의 절제가 느껴지는 몸이었다. 차창 너머 나와 눈이 마주치자 그는 온화한 듯 엄격한 미소를 지어 보였다. 사실 그때껏 나와 연락을 주고받은 사람은 이 마을 토박이 메이였다. 그녀는 우리처럼 숙박 사이트를 통해 구한 파리의 한 아파트에 머물며 딸과 유럽 여행 중이었다. 메이는 자리를 비우게 돼 정말 미안하다며 대신 남편 프랑크가 당신들을 마중 나갈 거란 쪽지를 보내왔다. 프랑크의 모국어는 불어인데 영어로도 소통이 가능하니 불편한 게 있으면 언제든 얘기하라고. 택시비를 치르고 짐칸에서 캐리어 세 개를 꺼냈다. 프랑크가 그중 대형 캐리어 하나를 끌며 숙소로 앞장섰다. 한 손에 캐리어 손잡이를 쥔 채 온몸에 책가방과 보조 가방, 면세점 비닐 가방을 주렁주렁 달고 프랑크를 쫓아가다 문득 주위의 갑작스러운 고요와 머리 위 별 무더기가 신기해 고개 들었다. 숙소 대문 위로 시시 티브이 한 대가 작고 하얀 새처럼 조붓이 내려앉은 모습이 보였다.

정원에 들어서자마자 지호와 작은 감탄사를 내뱉었다. 노란 등 아래서 은은한 형광 녹색으로 빛나는 잔디며 더도 덜도 없이 딱 그 자리에 있어 풍경을 미적으로 만드는 수목이 근사해서였다. 더도 덜도 아닌 적절함. 그게 얼마나 어려운지 나도 무수한 시안을 버려 봐서 안다. 어렵게 그걸 만든다 한들 반드시 채택되는 게 아니라는 것도. 잔디 위 널돌을 밟고 안으로 더 깊숙이 들어가자 일 층짜리 단정한 목조 주택이 자태를 드러냈다. 더운 나라 건물답게 시원하고 개방적인 느낌을 주는 집이었다. 돈이 아니라 감으로 꾸민 집. 것도 단순한 감이 아닌 훈련된 미감으로 꾸린 데란 걸 한눈에 알 수 있었다. 오랜 시간 햇빛과 바람, 빗물에 색이 바라 순한 나뭇결을 드러낸 문틀과 창틀, 고상하되 전혀 기름진 티가 나지 않는 담박한 그릇장, 세간의 배치와 배색, 그럴 리야 없겠지만 투숙객이 혹 초록에 물릴까 다홍과 주홍을 살짝 섞은 간이 화단까지. 모든 게 적절했다. 주위를 둘러보다 결국 어떤 공간을 우아하게 만드는 요소는 '낡음'인지도 모르겠단 생각이 들었다. 반짝이지도 매끄럽지도 않은 시간이 거기 그냥 고이도록 놔둔 집주인의 자신감과 여유가 부러웠다.

　―여기 근사하다.

　지호에게 슬며시 다가가 속삭였다. 지호는 여느 때처럼 관대함과 까다로움이 반반 섞인 태도로 나른하게 답했다.

　―응, 나쁘지 않네. 근데 인터넷 이미지랑 좀 다른데? 주인이 사진을 너무 잘 찍었네.

　프랑크가 한국어를 알아들을 리 없다는 걸 알면서도 나는 목소리를 낮췄다.

　―이만하면 괜찮지 않아?

　지호가 살짝 거만한 투로 답했다.

　―응, 자기 맘에 들면 난 됐어.

　건물은 일자 구조로 각기 다른 높이의 세 공간이 너른 계단마냥

층층 이어진 모양이었다. 그중 바닥에 타일을 깐 부엌이 가장 낮고 그다음이 거실, 침실 순이었다. 부엌은 대나무 울타리로 둘러싸여 반야외 형태를 띠었다. 나중에 안 사실이지만 그게 이 집에서 매일 쓰레기통을 비우는 이유인 듯했다. 그러지 않으면 불과 담 하나를 사이에 둔 원시림에서 온갖 벌레와 산짐승이 꼬여 들 테니까. 조리대 주변에 인스턴트커피와 전기 주전자, 전자레인지 등이 조촐히 구비된 게 보였다. 기름 먹이지 않은 나무틀에 유리를 아낌없이 쓴 대형 그릇장과 긴 원목 식탁, 중형 냉장고와 가스레인지도 눈에 띄었다. 식탁 위 화병엔 연보라색 소국이 가득 담겨 있었다. 아마 우릴 환영한단 뜻인 듯했다. 곧이어 프랑크가 우릴 숙실로 안내했다. 숙실은 개방형 부엌과 달리 열쇠로 문을 따고 들어가야 했다.

—마담?

프랑크가 상체를 기울이며 내게 먼저 들어가길 청했다. 멋쩍게 웃으며 신을 벗고 거실에 올라서자 삐거덕 소리와 함께 발바닥에 선득한 감촉이 전해졌다. 숙실 내부는 얇은 미닫이문을 경계로 거실과 침실로 한 번 더 나뉘었다. 침실에는 각각 욕실과 뒤뜰 세탁실로 통하는 문이 나 있었다. 프랑크는 우리에게 각 공간의 성격과 주의 사항을 알려 주며 몇 번 우스갯소리를 했다. 손님에게 늘 해 온 말이거나 사업적 기교일지 모르나 낯선 곳에서 누군가의 농담을 들으니 긴장이 좀 풀렸다. 그래서였을까. 표면적으론 우리가 숙박 사이트에서 서로 평점을 매기는 대등한 관계란 걸 알면서도,

모국에서의 오랜 관성 탓인지 집주인 앞에 서자 나도 모르게 두 손을 공손히 모으고 자꾸 환하게 웃게 되었다.

이튿날 새벽닭 울음과 새소리, 풀벌레 소리에 잠에서 깼다. 평소대로 하루를 시작할까 하다 달콤한 게으름을 부리며 이불에 더 감겼다. 한참 뒤 자리에서 일어나 뒤뜰 세탁실과 통하는 침실 문을 열었다. 이 집의 모든 창과 문틀에는 검은색 철망을 덧댄 얇은 철제문과 나무 문이 이중으로 달려 있었다. 집에 모기나 개미 떼가 들어오지 못하게 만든 방책인 듯했다. 프랑크가 알려 준 대로 철제문과 나무 문을 차례로 연 뒤 다시 철제문만 닫고 밖을 바라봤다. 세탁실 담 너머로 눈부시게 푸른 하늘과 야자나무가 보였다. 불과 하루 전만 해도 안방 천장에 인 얼룩을 보며 아파트 결로 현상을 걱정했는데. 이국의 침실에 앉아 하얀 뭉게구름과 꿈꾸듯 바람에 천천히 일렁이는 야자수를 보니 비현실적인 기분이 들었다. 오랫동안 내가 벗어나고자 한 것들로부터 잠시나마 헤어난 느낌이었다.

해 질 무렵 논물에 비친 아름다운 분홍 구름과 노을이 사라지고 나면 주위에 무시무시한 어둠이 내려앉았다. 어릴 때 할머니 댁에서나 본 원시적 어둠, 압도적 어둠이었다. 그래서 한번 숙실 문을 잠그면 아무리 반야외라도 부엌에 나가고 싶지 않았다. 언젠가 새벽에 물 마시러 나갔다 식탁 등을 켠 순간 도마뱀 서너 마리가 순식간에 사라지는 걸 보고 기절할 뻔해서였다. 또 한 날은 내 새끼손가락만한 도마뱀이 침실을 헤집고 다닌 통에 뜬눈으로 밤을 지새워야 했다. 녀석이 보여도 우울하고 안 보여도 초조한 나날을 보내다 나중에는 이것도 다 자연을 누리는 대가려니 하고 마음을 다스렸다. 길가에 나뒹구는 뱀 허물이며 신발 안창에 쌓인 도마뱀 똥과 마주할 때도 마찬가지였다. 가끔은 바보같이 집에 가고 싶단 충동이 일었지만 근래 어디서도 접하지 못한 맑은 공기가 모든 불편을 상쇄했다. 합성 세제에 푹 전 청결함이 아닌 자연의 깨끗함. 공기가 맑으니 컨디션이 좋고, 몸이 가벼우니 성격까지 좋아지는 기분이었다.

해가 뜨면 숙소의 모든 문을 열고 집안을 환기했다. 아침은 주로 지호가 차렸고 그사이 나는 숙실을 청소했다. 어디에, 얼마나 머물든 주변을 잘 정돈하는 건 내 오랜 습관이자 자부였다. 어릴 땐 안 그랬는데 독립 후 자취하며 생긴 버릇이었다. 그리고 그럴 때 나는 좀 더 잘 살고 있단 느낌을 받았다. 아직 무언가 완전히 놓아 버리지 않았단 실감이 일었다. 아침은 대개 커피와 빵, 과일로 간단히 때웠다. 날마다 긴 원목 식탁에 앉아 두 손으로 식빵을 찢으며 지호와 그날 일정을 의논했고, 햇살이 너무 강해지기 전 노트북과 선글라스, 현금 등을 챙겨 밖으로 나왔다. 숙실 문을 단단히 잠그고 실내화 두 쌍을 발판 옆에 가지런히 둔 뒤 대문을 나섰다.

우리는 거의 매일 외출했다. 한낮에 숙소가 무척 더운 데다 주위에 끼니를 해결할 만한 데가 드물어서였다. 처음 며칠은 지호와 관광 명소를 찾아다녔다. 그러다 차츰 현지인이 많은 식당에 가고 이름 없는 골목을 헤맸다. 관광지에 가지 않는 날엔 혼자 시내에서 일했다. 결코 나를 뽑아 주지 않을 것 같은 회사에 이력서를 넣거나 동료에게 알음알음 소개받은 외주 작업을 했다. 지금도 지호는 내가 직장에서 잘린 줄 알지만 실상은 좀 복잡했다. 언제부턴가 지호에게 회사 얘길 잘 안 하게 됐다. 내가 조직 생활의 고충을 토로할 때마다 '힘들면 그만두라'는 말을 너무 쉽게 했기 때문이다. 아마 본인부터가 잘나가던 회사를 때려치우고 부모 돈으로 이 층짜리 커피숍을 낸 사람이라 그런지 몰랐다. 지호에게는 뭐랄까, 어려서부터 몸에 밴 귀족적 천진함이 있었다. 남으면 버리고, 없으면 사고, 늦으면 택시 타는 식으로 오래 살아온 사람이 가진 무심한 순진함이. 학부 땐 그게 귀엽고 가끔은 터무니없을 정도로 당당해 보여 끌렸는데, 결혼 후 오래 같이 살다 보니 결코 좁혀지지 않는 간극이 있다는 걸 알았다. 이번 여행 계획을 세우며 내가 예산을 맞추려 전전긍긍할 때도 지호는 "그냥 대충대충 해." "별 차이 없어."라고 말했다. 그리고 그 '별 차이'에 대한 감각이 지호와 나의 큰 차이였다.

몇 달 전, 사 년 가까이 근속한 직장을 나왔다. 회사 대표는 중간 관리자급 직원의 연봉을 올려 줘야 할 즈음 당사자를 교묘히 괴롭혀 스스로 관두게 만들었다. 매년 쏟아지는 신규 인력에 기성 디자이너도 포화 상태라 고용주 입장에선 아쉬울 게 없었다. 나 역시 생전 처음 낯선 부서로 옮겨져 신입에게 일을 배우다 결국 못 버티고 나왔다. 사무실을 나서며 '대표님 그렇게 살지 마시라' 용기 내 말했는데, 와중에도 자연스레 존칭이 나오고 목소리가 덜덜 떨렸다. 며칠 뒤 오전 내 망설이다 오후 다섯 시쯤 대표에게 전화를 걸었다. 그러곤 '내가 그만둔 게 아니라 나를 자른 걸로 해 달라' 부탁했다. 그리고 나를 '자른 걸로 해 준' 이에게 고맙다고 말했다. 지호는 모르는 얘기였다. 알았더라도 그깟 실업 수당 좀 안 받으면 어떠냐고 화냈을 거다. 미대 졸업 후 두 번째 직장에 다닐 때부터 엄마에게 생활비를 보냈다. 홀어머니 아래서 외동으로 자랐으니 당연한 일이라 생각했다. 엄마가 내 대학 등록금을 대느라 고향 집 전세를 반전세로 돌리고 월세를 내 왔단 사실을 알고부턴 송금을 거르지 않으려 더 노력했다. 지호에게는 결혼 전 이미 양해를 구한 사항이었다. 엄마는 시청 청소일로 어느 정도 자기 생활을 꾸렸지만 내가 준 돈으로 집세와 병원비 일부를 충당하는 듯했다. 또 가끔은 정말 맛있는 걸 사 먹거나 예쁜 옷을 사는지도 몰랐다. 그러니 내가 회사를 관뒀다 해서 갑자기 그걸 끊을 순 없었다. 매달 엄마에게 보내는 돈 때문에라도 내겐 실업 수당이 필요했다. 그리고 '회사를 스스로 관둔 사람'은 실업 수당을 받을 수 없었다.

출국 후 되도록 나쁜 생각은 안 하려 했다. 가능한 한 이 도시가 내게 주는 것들을 누리려 애썼다. 나는 이곳의 물가가 싸다는 사실에 지나치게 흥분했고 때론 잘 만들어진 상품 앞에서 오래도록 자리를 뜨지 못했다. 스스로 아름다운 걸 생산하고픈 마음도 컸지만 그리고 온갖 클라이언트를 만난 탓에 이제 그런 욕구는 많이 사라졌지만, 누군가 오랜 시간과 재능을 쏟고, 정성을 들여 만든 걸 보면 절로 가슴이 뛰었다. 세상에는 정말 가슴이 아프도록 아름다운 물건이 있었다. 말 그대로 상품(商品)이 아니라 작품(作品)에 가까운 것들이었다. 평소 상품(上品)이 아니라 정품(正品)을 납품하기에도 급급한 나로선 경탄할 만한 일이었다. 한번은 지호와 기념품 가게 골목을 누비다 어느 진열장 앞에서 눈을 떼지 못했다. 망설이다 유리문을 밀고 들어가 점원에게 전시 상품을 볼 수 있는지 묻자 그녀가 '세 개 다 원하느냐' 되물었다. 이윽고 유리 깔린 탁자에 돌로 된 집 세 채가 나란히 올려졌다. 달걀보다 조금 작은 크기에 제법 묵직해 보이는 집들이었다. 특히 각 지붕의 특징이 두드러졌는데 하늘색 격자 지붕과 진청색 비늘 지붕, 연회색 빗살 지붕이 아기자기한 매력을 풍겼다. 문과 창 모양도 조금씩 다른 게 형태의 단순함과 세부의 정교함이 어우러져 과하지도 지루하지도 않은 느낌이었다.

　—너무 맘에 든 것 같은 표정 짓지 마. 말투도 신경 쓰고.

어느새 내 뒤로 스윽 다가온 지호가 한국말로 속삭였다. 그 정도는 나도 알았지만 눈빛만은 어쩌지 못한 모양이었다. 점원은 내게 나긋나긋한 영어로 '이것들 모두 이 고장의 젊은 작가가 이 지역에서만 나는 특별한 돌로 만든 거'라 설명했다. 점원에게 허락을 구한 뒤 진청색 비늘 지붕 집 하나를 조심스레 왼 손바닥 위에 올렸다. 그러곤 마치 그렇게 하면 거기 누가 사는지 보이기라도 하는 양 고개 숙여 막힌 창을 오래도록 들여다보았다. 어릴 때 엄마가 내게 크레파스를 쥐어 주며 집을 그려 보라 하면 제일 먼저 그린 꼴, 네모에 세모를 단순하게 얹은 모양이 친근했다. 모형을 뒤집어 바닥에 붙은 가격표를 슬쩍 확인했다. 한화로는 크게 부담되지 않으나 이곳 물가론 좀 비싸다 싶은 금액이었다. 잠시 후 작은 종이 가방을 들고 사뿐히 상점을 나서는 나를 보고 지호가 놀리듯 말했다.

―여기 와서 네가 뭐 안 깎는 거 처음 본다.

얼마간 좋은 날이 이어졌다. 우리에게 종종 쪽지로 안부를 묻는 프랑크의 태도는 늘 정중했고 숙소 또한 쾌적했다. 우리는 전 세계인이 다 찍는 상투적인 구도로 휴대 전화에 서로의 모습을 남겼고, 이곳 면직물과 국수가 싸다는 사실에 매번 감탄했다. 침실에선 이따금 가임 부부의 성적 허풍과 가짜 약속을 나누며 웃었고, 때가 되면 늘 같은 것을 먹어, 같은 냄새가 나는 변을 봤다. 부부라는 취향 공동체, 경제 공동체가 맛과 지출, 건강에 합의한 '지향'의

찌꺼기를 밀어냈다. 대체로 좋은 날이 흘렀다. 그러니까 우리가 흐트러진 욕실용품을 보기 전까진. 며칠 전부터 누군가 자꾸 사물의 입을 찢어, 각을 벌려 우리에게 말을 거는 것처럼 보이기 전까진 말이다.

먼저 숙소에 혹 사라진 게 없는지 살폈다. 평소와 조금 다른 점이 눈에 띄었지만 없어지거나 망가진 건 없었다. 그런데 그 '조금 다른 점'이 마음에 걸렸다. 한두 개가 아니라 왠지 의도한 것처럼 보였기 때문이다. 대개 사소한 거라 언급하기 민망하지만 일단 수건이 부족했다. 크기별로 두 장씩 매일 여섯 장이 지급되는데 오늘 작은 수건 하나가 덜 왔다. 물론 그 정도는 얼마든지 일어날 수 있는 일이었다. 입주 이래 처음으로 욕실 휴지통이 비워지지 않은 것도 문제 될 것 없었다. 면봉 하나만 투척해도 매번 감쪽같이 치워지는 게 부담스러울 때도 있었으니까. 양이 얼마 안 남은 휴지와 샴푸를 채워 주지 않은 것도 괜찮았다. 우리는 까다로운 손님이 아니었다. 인색한 이들은 더더욱 아니었다. 그렇지만 이곳을 정기적으로 드나든 누군가가 우리의 성향을 파악하고, 우리가 중요하게 여기는 걸 기억한 뒤 부러 흩뜨린 건 이해하기 힘들었다. 만일 며칠 전 부엌 쓰레기통을 삐뚤게 놓은 사람과 '이 사람'이 같다면 그러니까 그가 사물들을 통해 우리에게 보낸 신호는 '이 집의 뭔가가 잘못됐다'는 게 아니었다. 그 사람이 정말로 우리에게 하려는 말은 '당신들이 잘못됐다'는 거였다.

이곳에 온 지 사흘째 되던 날 '그 사람'을 처음 봤다. 숙소에 딸린 야외 수영장을 처음 이용한 날이었다. 1월이라 물이 좀 찼지만 못 들어갈 정도는 아니라 지호와 풀장과 파라솔 사이를 오가며 한 시간가량 놀았다. 해변이 아닌 고요한 숲속에서 새소리를 들으며 몸을 적시니 나른한 듯 말짱한 기분이 들어 좋았다. 온몸에 힘을 풀고 물 위에 떠 햇빛과 바람, 짙은 풀 냄새를 만끽하다 정오 무렵 수영복 위에 대충 수건만 두르고 숙소로 돌아왔다. 그런데 거기 이미 누가 와 있었다. 작고 마른 체구에 가벼운 면직물 옷을 입은 여성이었다. 나이는 내 또래쯤 됐을까. 화장기 없는 수수한 얼굴에 그을린 피부가 눈에 띄었다. 재빨리 두 손 모아 그녀에게 이 나라 말로 인사했다. 그러자 그녀도 웃으며 내게 같은 말을 돌려줬다. 가만 보니 슬리퍼를 신은 우리와 달리 맨발이었다. 우리 쪽에선 반야외로 여기는 공간을 이곳 사람들은 반실내로 이해하는 모양이었다. 막 비질을 마친 듯 싸리 빗자루를 들고 선 그녀가 개수대로 가 행주를 빨기 시작했다. 망설이다 그녀에게 다가가 "제가 뭘 좀 도와드릴까요?" 물었다. 그렇지만 그녀는 영어를 잘 못 알아듣는 것 같았다. 얼굴 근육과 몸짓을 이용해 소통을 더 시도하다 멋쩍게 웃으며 뒤로 물러섰다. 주위를 둘러보니 지호는 이미 안에 들어가고 없었다. 아마 먼저 씻는 모양이었다. 나 역시 계속 일하는 분 옆에 있기 뭣해 그녀에게 한 번 더 합장한 뒤 숙실로 들어왔다. 그러고 얼마 뒤 문득 이상한 기분에 고개 돌리니 그녀가 부엌 바닥에 쪼그려 앉아 뭔가에 집중하는 모습이 보였다. 방금 전 내가 사방에 물을 뚝뚝 흘려 가며 여기저기 낸 발자국을 내 동선을 따라 일일이 마른 걸레로 닦아 내고 있는 거였다.

그녀는 늘 오후 한두 시쯤 이곳에 들렀다. 그리고 우리가 숙실에 머무는 한 안으로 절대 들어오지 않았다. 부엌을 청소하며 우리가 외출할 때까지 기다리거나 그도 아니면 식탁 한쪽에 수건과 생수만 두고 갔다. 그리고 그건 달리 말해 프랑크를 제외하고 이곳을 마음대로 드나들 수 있는 이는 그녀밖에 없다는 걸 뜻했다.
　—혹시 팁 때문인가?
　지호가 흐트러진 욕실용품을 하나하나 바로 세우며 말했다. 우리가 숙소를 더럽게 쓰는 것도 아니고 무례하거나 시끄럽게 군 적도 없는데 이런 일이 계속 일어나는 건 돈 문제밖에 없을 거라고 했다.
　—중요하지, 돈은.
　나는 울적한 얼굴로 답했다.
　—실은 제일 중요하지 뭐.

사실 며칠 전에도 지호와 비슷한 대화를 나눈 적이 있었다. 입주 다음 날이었나? 시내에 생필품을 사러 나갔다 밤늦게 돌아오니 숙소가 말끔히 정돈돼 있었다. 부엌 쓰레기통이 깨끗이 비워진 것은 물론 욕실 물기와 거실 먼지도 완벽하게 제거돼 있었다. 처음엔 그저 프랑크의 배려려니 했다. 장기 투숙자니까, 첫날이니까 가벼운 친절을 베푸는 거려니 했다. 그런데 이게 나흘 이상 이어지자 슬슬 불안한 마음이 들었다. 우리가 혹 의도치 않은 실수를 범한 게 아닐까 싶어서였다.

— 이거 팁 줘야 하는 거 아닐까?

입주 닷샛날 지호가 식탁 위 새 수건을 집어 들며 중얼거렸다.

— 글쎄. 이런 데선 안 주는 걸로 아는데? 주더라도 마지막 날 청소비 명목으로 조금 두고 가는 모양이야.

— 그건 단기 숙박 때나 그런 거 아니야? 여긴 매일 청소하잖아.

듣고 보니 그런 듯해 앉은자리에서 바로 관련 정보를 찾아봤다. 그렇지만 이런 단독 주택에 따로 청소부를 두고 관리하는 경우가 드물어 그런지 우리 상황에 딱 맞는 답을 찾기 어려웠다.

— 팁 주는 게 혹 결례는 아니겠지?

실제로 친절을 돈으로 갚을 경우 모욕으로 받아들이는 나라가 있다고 들어 노파심이 일었다. 지호는 마치 재밌는 농담이라도 들은 양 웃었다.

— 설마, 돈 싫어하는 사람도 있나.

그 모습이 왠지 거슬려 잠깐 고민하고 말았는데…… 그때 지호 말을 들을걸. 검색 몇 번 하고 잊어버린 게 후회됐다.

그 후 거실에서 요가를 하거나 정원 벤치에서 잡지를 읽다 종종 그녀와 마주쳤다. 그때마다 나는 그녀에게 두 손 모아 인사했다. 그러면 그녀도 웃으며 내게 합장했다. 그녀가 내 또래란 걸 알고 부터 그녀를 더 정중하게 대하려 노력했다. 것도 알량한 태도일지 모르나 그랬다. 아마 나는 이국에서 마주한 노골적인 계급 차에 좀 쩔쩔맸던 것 같다. 물가 낮고, 물건 저렴한 건 좋지만 그걸 만드 는 노동력이 싸다는 사실만은 여전히 어색한. 그래서 아무도 추궁 하지 않는 잘못을 해명하는 이처럼 사람 좋게 웃어 가며 긴장했다. 그런데 우릴 보고 늘 환하게 웃던 그녀가 언제부턴가 시선을 피하 고 묵례도 형식적으로 건네는 게 느껴졌다. 낯빛이 어두워 혹 집 에 무슨 일이 생긴 건 아닌지 걱정했는데 그게…… 팁 때문일지는 몰랐다. 심지어 나는 그녀가 우리를 좋아한다고 착각했다.

간밤 어떻게 하면 그녀와 관계를 망치지 않고 최대한 덜 민망하 게 서로를 만족시킬 수 있을지 고민했다. 팁 놓는 게 어려운 일은 아니나 언제, 어떤 식으로, 얼마나 줘야 할지 알 수 없었다. 액수 가 너무 커도 상스러워 보일 텐데. 아니 그건 그냥 내 생각일 뿐일 까. 크면 클수록 좋을지도. 첫 팁이 세면 다음이 시시해져 버릴 텐 데. 더도 덜도 아닌 액수는 얼마인지, 적절한 교환은 무엇일까 뒤 척였다. 하루 이틀 묵고 가는 손님이면 무시했겠지. 그런데 우리 부부가 한 달 가까이 머문다고 생각하니 그 사람도 갑갑했던 거야. 외국인 자주 접하며 팁에 익숙해졌을 테고. 그러다 보면 못 받을 때 서운한 게 또 사람 마음이고. 그분 생활에 팁이 차지하는 비중이 꽤 큰지도 몰라. 스스로를 타이르려 애썼다. 그런데도 가슴 한쪽에선 왜 자꾸 차가운 감정이 이는지 알 수 없었다. 아마 나는 조금 서운했던 것 같다. 그동안 우리가 나눈 인사와 미소가, 눈빛과 호의가 그 사람에게는 아무것도 아니었다는 게. 그럼 그 사람에게 우리가 '무엇'이어야 했는데? 나만 해도 말로만 정중한 업체보다 정산 잘 해 주는 데를 더 신뢰하지 않나? 그래도 팁 달라는 메시지를 꼭 그런 식으로 전해야 했을까? 그럼 그녀가 어떤 식으로 요구했어야 하는데? 영어로? 인터넷 쪽지로? 예의 바른 완곡어법으로? 심란함에 잠을 설쳤다. 지호는 '그냥 내일 팁 주면 되지 뭘 그리 복잡하게 생각하느냐'며 핀잔했다. 그래서 '혹 해코지를 당할까 걱정스럽다'는 말은 아예 꺼내지 않았다. 실제로 그런 영상을 본 적이 있었다. 호텔 청소부가 투숙객의 노트북을 쓰고, 재킷을 걸쳐 보고, 립스틱을 바르는 장면이었다. 그러니 누군가 우리 칫솔을 변기에 담그고 전기 주전자에 걸레를 삶는 일이 전혀 일어나지 않으리란 법도 없었다. 그렇지만 나는 내가 그런 상상을 했다는 데 곧 부끄러움을 느꼈다.

숙소를 나서기 전 침대 위에 이 나라 지폐 몇 장을 가지런히 올렸다. 그간 밀린 액수에 웃돈을 얹어서였다. 그리고 이런 날 그녀와 마주치면 어색할 듯해 평소보다 일찍 집을 나섰다. 바싹 마른 바나나 잎사귀가 어지러이 뒹구는 가로수를 지나 큰길에서 택시를 불렀다. 이곳 대중교통이 워낙 발달하지 않은 데다 마을까지 버스가 들어오지 않아서였다.

점심으로 볶음국수를 먹고 카페에서 외주 작업을 했다. 이전 회사 직함으로 온 메일이나 문자를 보면 심란했지만 세계 여러 나라의 인간들이 모인 카페에서 아이스아메리카노를 마시며 마우스를 딸각이다 보면 왠지 나도 디지털 유목민이 된 기분이 들었다. 실제로는 실무자 수명 짧기로 유명한 업계에서 단가가 안 맞아 튕겨 나온 인력이면서 그랬다. 내가 작업하는 사이 지호는 내 옆에 멀찍이 앉아 태블릿 피시로 게임을 하거나 영화를 봤다. 그리고 가끔은 혼자 시내를 돌아다니다 저녁 먹을 시간에 돌아왔다. 시내에는 원주민보다 관광객이 많았고 한국인도 자주 보였다. 하루에도 몇 번씩 한국인과 마주칠 때마다 그들과 나 사이에 묘한 기류가 흘렀다. 시치미와 드러냄, 감춤과 판별의 눈빛이 순식간에 교차했다. 가끔은 그들이 여행지의 마법을 깨뜨리는 듯해 언짢다가도 또 어느 땐 아주 작은 소리라도 내 귀에 너무 잘 박히는 한국어가 신기해 고개 돌렸다.

저녁 무렵 지호와 대형 마트에 들러 식료품을 산 뒤 숙소로 돌아왔다. 그러곤 짐도 풀기 전 곧장 숙실로 들어가 침대부터 살폈다. 그런데 거기 우리가 아침에 두고 간 지폐가 그대로 있었다.
　─어? 왜 안 가져갔지?

두 손으로 지폐를 들어 생전 처음 보는 물건인 양 빤히 들여다 봤다.

―적어서 그런가?

지호가 옷걸이에 챙 넓은 모자를 걸며 대꾸했다.

―적은 돈은 아닌데.

그녀가 노골적으로 계속 팁을 요구하는 듯해 거북했는데 막상 돈을 가져가지 않은 걸 보니 혼란스러웠다.

―혹시 오늘 안 오셨나?

차라리 그랬으면 하는 맘으로 주위를 주의 깊게 둘러봤다. 식탁에 켜켜이 곱게 쌓인 수건과 크리스털처럼 반짝이는 생수병이 보였다. 모두 새것이었다.

다음 날 정확히 어제와 같은 자리에 똑같은 액수의 지폐를 놨다. 이번에는 이게 '팁'이란 걸 확실히 알려 줄 단서를 붙이고였다. 간밤 지호와 이런저런 추론 끝에 그녀가 우리가 남기고 간 돈의 의미를 확신하지 못했을 거라 결론 내렸다. 괜히 잘못 가져갔다 불필요한 오해를 살 수도 있으니까. 그래서 오늘은 돈과 함께 쪽지를 두기로 했다. 숙소를 나서기 전 재빨리 미색 수첩 한 장을 뜯어 짧은 감사 인사를 썼다. 그러곤 쪽지를 잠시 바라보다 아무래도 뭔가 부족한 듯해 종이 하단에 작은 스마일 표시를 그려 넣었다. 하지만 자정 무렵 숙소로 돌아왔을 때 우리는 어제와 같은 풍경을 목격할 수밖에 없었다.

—대체 왜 안 가져가지?

전과 달리 쪽지에 약간 정성을 들인 탓에 섭섭한 마음마저 들었다.

—분명 오늘도 여기 들렀는데. 그렇지?

식탁 위 새 수건과 생수를 확인하고 지호에게 의미 없는 동의를 구했다. 그런데 침대맡에 선 지호가 쪽지를 유심히 살피다 뭔가 중요한 사실을 깨달은 듯 조그맣게 탄식했다.

—아……!

—왜 그래?

지호가 한 손을 뻗어 내게 종이를 내밀었다.

—이게 영어라서 그런 거 같은데?

—뭐?

—봐 봐, 네가 여기 '땡큐'라고 적어 놨잖아.

이튿날 지호와 외출 준비를 마친 뒤 부엌에서 그녀를 기다렸다. 이런 문제일수록 직접 만나 오해를 푸는 게 가장 확실하다고 지호가 고집부린 탓이었다.

—이렇게 응? 웃으면서. 돈 드리고, 응? 합장하고.

선뜻 그러자는 말이 안 나왔지만 더 이상 이 일로 스트레스 받고 싶지 않아 못 이기는 척 따랐다. 지호가 "네가 직접 나서기 뭣하면 내가 줄게."라고까지 설득했기 때문이다. 숙실 문을 잠그고 식탁 의자에 앉아 한동안 그녀를 기다렸다. 잘못한 게 없는데도 가슴이 뛰었다. 문득 지폐를 봉투에 담았어야 하는 게 아닐까 싶었지만 그것도 왠지 이상해 보일 것 같았다. 그런데 두 시 전에는 꼭 이곳에 들르던 그녀가 두 시 반이 지나고 세 시가 가까워지도록 나타나지 않았다. 등받이도 없는 의자에 하염없이 앉아 있으려니 허리도 아프고 지루해 결국 다음을 기약하며 자리에서 일어섰다.

숙소에서 나와 택시를 부르려 큰길로 들어서는데 운동복 차림의 프랑크가 우릴 보고 반갑게 다가왔다. 프랑크는 우리 숙소에서 도보로 십 분 거리에 살았다. 직접 가 본 적은 없지만 프랑크 말론 그렇다 했다. 실로 이 숲에는 많은 고급 주택이 표 안 나게 숨어 있었다. 너른 부지에 초록을 아낌없이 쓴 집들이었다. 프랑크는 우리에게 잘 지내는지, 숙소가 불편하진 않은지 물었다. 나는 '모든 게 만족스럽다'고, '당신 집은 아름답고 우리는 이곳을 사랑한다' 답했다. 한국에서라면 임대인 앞에서 절대 사랑이란 단어를 안 썼겠지만 외국어로 대화하다 보니 자연스레 튀어나왔다. 나는 내가 프랑크에게 친밀감을 느끼는 데 좀 놀랐다. 그간 숙소 문제로 몇 번 쪽지를 주고받은 탓인 듯했다. 아무리 실용적인 내용이라도 편지에는 얼마간 시간과 정성이 들게 마련이고 그게 발신인과 수신인 사이에 늘 실용 이상의 무언가를 남겼다. 그러니 모국어보다 품이 두 배 이상 드는 쪽지야 말해 무엇 할까. 지호는 프랑크와 짧은 눈인사만 나눈 뒤 바로 휴대 전화로 시선을 옮겼다. 그 모습이 혹 무례해 보이진 않을지 의식하며 프랑크에게 메이 안부를 물었다. 프랑크는 '여기 산 지 이십 년이 넘었는데 이 나라 말을 전혀 못 한다'며, '아내가 돌아와야 메이드들과도 말이 통할 텐데 답답하다'고 했다. 나는 "아, 그래요?" 하고 웃었지만 메이드란 말에 살짝 이물감을 느꼈다. 내게 '메이드'란 어릴 때 만화에서나 본 단어, 이제 내 나라에서는 없어진, 아니 적어도 사라진 척하는 하녀나 몸종을 떠올리게 했다. 동시에 최근 우리 숙소에서 벌어진 불미스러운 일도. 문득 내 얼굴이 흐려지자 프랑크가 옅은 호기심을 비췄다. 나는 몇 차례 입술을 달싹이다 '그간 팁을 놓지 못해 미안하다'고 했다. '실은 잘 몰랐다'고, '앞으로는 잊지 않을 거'란 말도 보탰다. 순간 지호가 나를 흘끔대는 게 느껴졌다. 프랑크가 두 눈을 크게 뜨고 내 말을 경청하다 고개를 크게 끄덕이며 미소 지었다. 그러곤 너그러운 말투로 '괜찮다'고, '정말 그러지 않아도 된다'고 했다. '그녀는 나를 위해 일하며 그 비용은 이미 내가 지불하고 있다'고. '그래도 정 마음이 쓰인다면 마지막 날 팁을 조금 두고 가는 것도 나쁘지 않을 거'라 했다. 그런데 그때 지호가 불쑥 대화에 끼어들었다.

　　—메시 포 보트흐 전티에스.

　　잠시 민망한 정적이 흘렀다. 프랑크가 "미안하지만 방금 전 뭐라고 했나요?"라 묻자 지호가 휴대 전화를 보며 다시 큰 소리로 답했다.

—메시 포 보트흐 전티에스.

그때서야 프랑크는 무언가 깨달은 듯 관대하게 웃으며 프랑스어로 뭐라 한마디 했다. 하지만 이번엔 지호 쪽에서 그 말을 못 알아듣는 것 같았다. 다시 어색한 침묵이 흘렀다. 지호가 '사실 나는 프랑스어를 모르며 당신에게 그저 감사 인사를 전하고 싶었을 뿐'이라고 더듬더듬 사과했다. 프랑크가 손을 내저으며 '그게 왜 미안할 일이냐'며 '나도 한국어를 모른다' 했다. 그러곤 다소 과장된 몸짓으로 손목시계를 보더니 '내가 당신들 시간을 많이 빼앗은 거같다'고 '이만 가 봐야겠다'고 했다. 그러곤 숲 쪽으로 몸을 틀며 지호에게 묘한 미소를 보였다.

이튿날 다시 그녀를 기다렸지만 만날 수 없었다. 할 수 없이 자리에서 일어서 갈 길을 재촉하는데 한 여자아이가 불쑥 신을 벗고 부엌으로 들어왔다. 열다섯, 열여섯쯤 됐을까. 통 넓은 바지에 소매 짧은 윗옷이 눈에 띄었다. 아이는 우릴 보고 당황하다 이내 두 손 모아 묵례했다. 나 역시 엉겁결에 합장한 뒤 지호의 옆구리를 찔렀다. 지호가 두 손을 가슴 높이 올려 이 나라 말로 인사하자 아이도 지호에게 같은 말을 돌려줬다. 아이는 자연스레 개수대 쪽으로 가 수납장에서 비닐봉지를 꺼냈다.

—딸인가?

쓰레기통을 비우는 아이의 깨끗한 옆얼굴을 바라보며 지호에게
물었다.

—그럴지도.

지호가 휴대 전화에서 눈을 떼지 않은 채 답했다.

—오늘 엄마가 어디 아픈가?

—가끔 일손 보태나 보지. 자기도 어릴 때 그랬다며, 장모님 식
당에서.

—어.

—그러고 보니 우리 메이드랑 좀 닮았네. 어? 택시 잡혔다.
갈까?

—팁은 어쩌고?

지호가 잠시 고민하다 '내일 메이드를 한 번 더 기다려 보고 아
이에게는 오늘 치 팁을 따로 주자' 했다. 그러더니 내가 대답도 하
기 전에 성큼 아이에게 다가가 바지 뒷주머니에서 지갑을 꺼냈다.
지호가 지갑에서 지폐를 꺼내기 전 두 장을 뺄지 세 장을 집을지
갈등하는 게 느껴졌다. 지호는 천연덕스러운 얼굴로 아이에게 돈
을 내밀었다. 한 손엔 비닐봉지를 다른 한 손엔 쓰레기통 뚜껑을
든 아이가 지호를 빤히 쳐다봤다. 그러자 지호는 그게 마치 배려
인 양 아이 바지 주머니 속에 돈을 찔러 넣었다.

—괜찮아, 네 거야.

택시 안에서 한동안 내가 아무 말도 하지 않자 지호가 손가락으

로 내 손등을 섬세하게 더듬었다.

—점심 뭐 먹을까?

그러곤 내 얼굴 가까이 휴대 전화를 디밀었다.

—여기 어때? 평 되게 좋던데. 전부터 너 이런 브런치 먹고 싶다 했잖아.

—…….

—그럼 여기는? 이 집 파스타랑 커피도 꽤 괜찮은가 봐.

—그러든가.

문득 지호가 내게 기울였던 몸을 바로 세웠다. 그러곤 더 이상 어떤 말도 걸지 않고 휴대 전화만 들여다봤다. 나 역시 그런 지호 를 달랠 마음이 없어 묵묵히 창밖만 바라봤다. 멀리 높은 산등성 이와 검고 기름진 논밭을 보니 자연스레 엄마 생각이 났다. '어린 엄마'가 중학교에 가는 대신 발 디뎌야 했던 곳도 바로 저런 땅이 었기 때문이다. 그러다 나중엔 어느 집 식모로 들어가 또래 아이 들 속옷도 빨고 교복도 다렸다지. 그 뒤 살림이 폈으면 좋았을 걸 신혼 초 남편까지 잃는 바람에 엄마는 정말 혼신의 힘을 다해 나 를 키워 냈다. 그래도 손재주가 좋아 코바늘로 수출품 뜨는 무리 에 들어가 내 돌잔치를 해 줬다는 이야기는 엄마가 명절마다 우리 부부에게 늘어놓는 단골 레퍼토리였다. 우리 은주 손 솜씨 좋은 게 다 나 닮아서 그런 거라고. 그래도 대학 신입생 땐 친구들 입성 이며 씀씀이에 놀라 위축되고 좀 방황했는데, 돌이켜 보면 엄마는 엄마여서가 아니라 한 인간으로서 내게 최선을 다한 사람이었다.

'나는 절대 자식에게 신세 안 질 거다' '아파도 혼자 요양원 가서 죽을 거다'라는 말을 입버릇처럼 하던 엄마는 내 돈을 극구 사양하다 이태 전 시청 계단에서 넘어진 뒤론 무척 미안해하며 받았고, 송금이 늦어지면 궁금해하다, 나중에는 입금일을 기다렸다. 아마 엄마도 원한 바는 아닐 거다. 그렇지만 언제부턴가 내게 "정 서방한테 잘해라."라는 말을 반복하는 엄마에게, 호랑이 같던 기세는 어디 가고 축 처진 눈으로 내 눈치를 보는 엄마에게 나도 모르게 짜증이 났다. 엄마도 지호와 내 관계가 한쪽으로 기울어졌다 보는 걸까. 결혼식 때 묘한 축하를 건네던 동기들처럼? 아님 실직 후 함께 술을 마시다 '은주 씨랑 나는 상황이 다르지 않냐'며 손을 뿌리치던 내 사수처럼? 물론 나도 사람들이 우릴 두고 뭐라 하는지 알고 있었다. 그렇지만 실제론 내게 별 관심 없는 이들에게 내 인생을 매번 설명하고 싶지 않았다. 사람들에게는 그저 삶의 활력소처럼 가볍게 비난하고 싶은 대상이 필요한 것뿐이라고, 삶의 권태를 어느 정도 그렇게 견디는 것뿐이라 여기려 애썼다. 자기 방의 벽지를 바꿀 수 없을 땐 남의 집 현관이 더럽다고 생각하면 많은 위안이 되니까. 그게 남 뒷얘기 하는 이들 못지않게 속물적인 태도란 걸 알면서도 그랬다. 다행히 지호는 엄마에게 잘했다. 그런데 그 방식이 좀 그랬다. 고향 집에 갈 때마다 나는 지호가 엄마에게 억지로 돈 쥐여 드리는 모습을 목격해야 했다. 두 사람은 매번 약속된 연극이라도 하듯 사양과 애원과 실랑이를 반복했다. 한국 어느 집에서나 쉽게 볼 수 있는 풍경이었다. 문제는 내가 몇 번 지적

했음에도 불구하고 지호가 봉투를 자주 잊는다는 거였다. 미리 상의하면 좋으련만. 늘 충동적으로 즉흥적으로 드려 손쓸 도리가 없었다. 엄마는 '이미 은주한테 받았다'며 '무슨 부부가 봉투를 두 번 하느냐'고 몸을 뺐지만 가끔은 그런 깜짝 선물이 싫지 않은 모양이었다. 지난해 직장을 관둔 사실을 숨기고 친정에 갔을 때도 그랬다. 서울로 출발하기 전 작은방에서 짐을 꾸리는데 지호가 새삼 "자기 어머님께 매달 얼마씩 드렸다고 그랬지?" 물었다. 그러곤 현관에서 구두를 신다 말고 갑자기 지갑에서 백만 원짜리 수표를 두 장 꺼내더니 역시 또 봉투에도 넣지 않고 엄마 조끼 주머니에 힘껏 찔러 넣었다.

　—지호야.

택시가 시내 초입에 다다랐을 즈음 나지막이 지호를 불렀다.

　—어?

주저하다 조심스레 입을 열었다.

　—우리 그 말 쓰지 말자.

　—뭔 말?

　—메이드란 말.

지호가 살짝 입술을 비죽거렸다.

　—왜?

　—그냥 안 썼으면 좋겠어.

　—그럼 뭐라 불러?

거기까진 나도 미처 생각 못 한 터라 잠시 머뭇거렸다.

—그냥 '청소해 주시는 분'은 어때?

순간 지호가 "풋" 소리를 냈다. 그러곤 제 생각에도 그 모습이 꽤 품위 없다 싶었는지 곧장 사과했다. 지호는 "그건 너무 설명적인 데다 비경제적이고 음, 이런 얘기까진 안 하려고 했는데 살짝 기만적인 느낌마저 들어."라고 했다.

—기만?

—어.

섹스를 섹스라 하지 못하는 고지식한 사람이 떠오른다고. 그러면서 "네게 메이드란 말이 섹스만큼 수치심을 불러일으킨다면 어쩔 수 없지만." 하고 어깨를 으쓱했다. 누군가와 외국어로 대화하면 한동안 그 억양과 리듬이 몸에 배 모국어에 영향을 끼치던데, 지호가 딱 그런 식으로 말하고 있었다. 번역체로, 문어체로 잘난 체를 해 가며. 그렇지만 나 역시 뭐라 더 이유를 대기 어려워 같은 말을 반복했다.

—그래도 우린 쓰지 말자, 그 말.

지호가 결국 짜증 어린 한숨을 내뱉었다.

—그럼 뭐라 부르고 싶은데? 언니? 이모님? 저기요?

그 뒤에도 얼마간 숙소에서 그녀를 기다렸지만 만날 수 없었다.

그녀의 딸로 추정되는 아이의 모습도 보이지 않았다. 우연인지 고의인지 알 수 없었다. 다만 확실한 건 그녀가 본격적인 태업에 들어갔다는 거였다. 부엌 쓰레기를 수거하고 생수와 수건을 주는 일외에 다른 어떤 일도 하지 않았다. 평소 웬만한 정리는 내가 해 온터라 아쉬울 건 없었다. 그 정도 서비스를 못 받는다 해서 억울하거나 서운하지도 않았다. 다만 계속 신경 쓰이는 건 그녀가 여전히 우리를 인색한 치들로 오해한다는 거였다. 그래서 나는 마지막으로 다른 방법을 써 보기로 했다. 이번에는 영어가 아닌 이 나라말로 감사 인사를 남기는 거였다.

지호가 씻는 사이 거실 소파에 앉아 휴대 전화의 번역기 앱을 켰다. 조그마한 사각 창에 원하는 문장을 넣고 도착 언어를 지정해변환 단추를 누르면 번역이 완성되는 프로그램이었다. 손끝으로한글 자판을 두드려 사각 창에 '감사합니다'란 문장을 썼다. 그러곤 이 나라 말을 도착어로 선택한 뒤 변환 단추를 눌렀다. 이윽고휴대 전화 화면 위로 낯선 문자가 마법처럼 떠올랐다. 그동안 도로 표지판이나 식당 메뉴판으로 자주 접해 왔을 텐데 이렇게 유심히 들여다보는 건 이번이 처음이었다. 미색 종이에 검정색 펜으로휴대 전화에 뜬 말을 천천히 옮겨 적었다. 실은 적는다기보다 그린다는 표현이 더 어울리는 동작이었다. 중간에 글씨를 자꾸 틀려만족할 만한 모양이 나올 때까지 종이를 몇 차례 구겼다. 그러자새삼 이 나라 사람들, 이걸로 수백 년간 뭔가 읽고, 쓰고, 기록했겠구나, 거기 내가 모르는 삶도 많이 담겨 있겠구나 하는 생각이 들었다. 마침 욕실에서 나온 지호가 내 앞에서 젖은 머리를 털며 농담했다.

―팁 삼고초려네.

나는 그 말에 웃지 않고 진지하게 답했다.

―오늘은 꼭 가져갔으면 좋겠다.

지호와 교외 동물원에 갔다 밤늦게 돌아오니 식탁 위 시든 소국이 눈부신 금잔화로 바뀌어 있었다. 한 사람에게 하루 세 장 주는 수건은 네 장으로 는 데다 아침에 내가 세탁기를 돌려 놓은 뒤 깜빡 잊고 간 빨래도 건조대에 착착 널려 있었다. 그래도 안심할 수 없어 긴장된 마음으로 숙실로 들어가 침대부터 살폈다. 흰 침대보 위에 올려 둔 지폐가 감쪽같이 사라져 있었다.

―와, 가져갔다. 가져갔어!

흥분하는 내 모습에 지호가 그게 그렇게 좋으냐고 물었다. 나는 몹시 고무적인 얼굴로 "당신은 몰라."라고 답했다. 이제 규칙이 생겼으니 그걸 지키기만 하면 된다는 생각에 후련함과 뿌듯함을 느꼈다. 그동안 이 일로 꽤 스트레스를 받았는지 샤워할 땐 나도 모르게 콧노래마저 나왔다. 그런데 그렇게 뛸 듯 기뻤다가, 엄청 신났다가…… 어느 순간 기분이 확 나빠졌다.

그 뒤 매일 아침 종이에 감사 인사를 적는 건 내 주요 일과 중 하나가 됐다. 처음에는 모든 글자가 낯설어 어려웠는데 반복해 적다 보니 점점 글자 모양도 예쁘게 잡히고 쓰는 속도도 빨라졌다. 나는 날마다 수양하는 마음으로 '감사합니다'를 썼다. 어느 땐 공들여서 또 어떤 땐 전혀 고마운 마음 없이 기계적으로 썼다. 팁에 따라 숙소 상태는 자주 바뀌었다. 액수가 큰 날은 침구가 새것으로 싹 교체된다든지, 꽃병 개수가 는다든지 하는 식이었다. 그렇지만 나는 기쁘다기보다 서운했다. 나는 잔돈을 놓을 때도 큰돈을 둘 때도 항상 똑같이 고맙다고 적는데 팁에 따라 태도를 확 바꾸는 그녀가 거북했다. 어찌 보면 당연한 일인데도 그랬다. 그 후로도 숙소에서 종종 그녀와 마주쳤지만 나는 아무 일 없던 양 웃으며 합장했다. 그건 그녀도 마찬가지였다.

한 날 거실에서 이 나라 말을 열심히 옮겨 적는 내게 지호가 갈 길을 재촉하며 "거 꼭 써야 해?" 하고 물었다. '이젠 그런 거 없어도 잘 가져가지 않겠느냐'면서. 틀린 말은 아니었다. 그렇지만 나는 우리가 애써 만든 패턴을 깨고 싶지 않았다. 지호는 뭔가 시험해 보고 싶었는지 나 몰래 침대 위 쪽지를 숨겼다. 귀가 후 나도 뒤늦게 안 사실이었다. 그날 밤 침대 위 팁이 말끔히 사라진 걸 보고 지호는 거 보라고, 자기 말이 맞지 않느냐며 신나 했다. "그러니까 더 이상 이 짓 안 해도 돼."라고. 그렇지만 나는 그 뒤로도 종이에 감사 인사 쓰는 일을 잊지 않았다.

시내 카페에서 종일 밀린 작업을 했다. 지호는 여기까지 와 야근이냐며 서운한 기색을 보였지만 처음부터 마감일이 밭은 일이와 어쩔 수 없었다. 저쪽에서 언제까지 해 달라 하면 무조건 일정을 맞추는 수밖에 없었다. 그리고 한땐 나도 누군가에게 그렇게 무리한 일을 맡긴 적이 있었다. 작업 중 구직 사이트에 들어가 이런저런 채용 정보를 살피는데 내 전전 직장 동기인 김으로부터 메시지가 왔다. 자기도 곧 회사를 나가게 됐다며 앞으로 외주 주기가 어려울 거라는 내용이었다. 얼마간 예상했던 일이라 '괜찮다'고, '지금까지 마음 써 준 것만으로도 진심으로 고맙다'는 답신을 보냈다. 그렇지만 마음 한 곳이 어둑해지는 건 어쩔 수 없었다. 김은 내게 '힘내'라고, '그래도 자기는 기댈 언덕이 있잖아'라는 위로를 전했다. 답장을 뭐라 보낼까 한참 고민하다 앞서 쓴 문장을 지우고 눈웃음 모양 두 개만 찍어 보냈다.

카페 화장실에 들러 손을 씻었다. 대리석 바닥과 대나무 갓등을 씌운 조명이 세련된 분위기를 자아내지만 약한 수압 탓에 항상 지린내와 물비린내가 나는 곳이었다. 게다가 주위에 워낙 유동 인구가 많아 물비누나 핸드 타월이 떨어지는 일도 흔했다. 비누통의 단추를 몇 번 세게 누르다 포기하고 수돗물로 오래 손을 헹궜다. 젖은 손을 대충 윗옷에 문지르고 거울을 보는데 휴대 전화 진동음이 울렸다. 김인가? 하고 휴대 전화를 확인하니 문자 창에 엄마 이름이 보였다. 집에 혹 무슨 일이 생겼나? 긴장하며 메시지를 확인했다.

—은주야 많이 바쁘지. 혹시 잇어버렸나 해서. 우리 딸 고맙고 미안해.

여느 때처럼 몇몇 맞춤법이 틀린 그렇지만 무척 조심스레 썼을 문장이 눈에 들어왔다. 그리고 그때서야 내가 이곳에서 엄마에게 돈 보내는 일을 까맣게 잊고 있었음을 깨달았다.

—엄마, 나 출장 중이라 해외 송금이 어려울 것 같아. 나흘 뒤 한국에서 바로 부쳐 줄게. 늦어서 미안해.

메시지를 보내기 전 미안하단 말을 지울까 고민하다 그대로 놔뒀다. 그러곤 중등 교육을 받지 못한 엄마가 여러 번 고치고 또 새로 썼을 문장을 가만 바라보았다. '고맙다'는 말을 들었는데 왜 뿌듯하기보다 복잡한 감정이 이는지 알 수 없었다. 단지 돈 때문에 부담을 느껴서만은 아니었다. 내가 실직 중이라는 것과 엄마의 외동딸이란 사실에 압박을 받아서만도 아니었다. 평소에도 여러 번 들은, 눈 깜짝할 사이 폭삭 늙어 버린 엄마가 보낸 '고맙다'는 문자를 보자 이상하게 그 말을 받은 게 아니라 언젠가 내가 상대에게 준 무언가를, 아니 오랜 시간 상대가 내게 주었다 생각한 무언가를 도로 빼앗은 기분이 들었다.

숙소로 돌아와 뜨거운 물로 오래 씻었다. 지호가 침실에 누워 태블릿 피시로 오락을 하는 동안 거실로 나와 노트북을 켰다. 컴퓨터가 부팅되는 사이 소파에 나른하게 기대 캔 맥주를 들이켰다. 그러곤 무심히 노트북 비밀번호를 입력하는데 왠지 께름칙한 기분이 들었다. 딱 집어 말할 순 없지만 분명한 변화. 나를 둘러싼 공간의 배치가 사물의 배열이 묘하게 달라진 걸 느꼈다. 그런데 그게 뭐지? 순간 맞은편 벽면의 나무 선반이 눈에 들어왔다. 기존 장식품 대신 내가 이곳에서 산 작고 아름다운 것들을 올려 둔 선반이었다. 거기 얼마 전 기념품 가게에서 산 작은 집 모형을 나란히 놨는데. 포장째 한국에 가져갈까 하다 왠지 볼 때마다 기분이 좋아질 듯해 세 개 모두 물휴지로 꼼꼼하게 닦은 뒤 올려 뒀는데……거짓말처럼 가운데가 휑했다. 반사적으로 소파에서 벌떡 몸을 일으켜 선반 쪽으로 성큼 걸어갔다. 세 모형 중 내가 가장 마음에 들어 한 진청색 비늘 지붕 집이 보이지 않았다.

—이거 혹시 자기가 치웠어?

침실을 향해 외치자 안에서 '뭐라고?' 하는 소리가 들려왔다. 나는 방금 전보다 목소리를 높였다.

—여기 선반 위에 작은 집, 우리가 산 집, 자기가 치웠냐고!

—거참 귀신이 곡할 노릇이네.

지호가 한 손으로 턱을 괸 채 말했다. 처음 이곳 숙소를 예약할 때만 해도 꿈같은 전원생활을 꿈꿨는데, 욕실용품이 일제히 삐뚤어졌을 때도 그렇고 이게 다 무슨 일인가 싶었다.

—누가 건드리지 않으면 절대 없어질 리 없는데. 그렇지?

—그렇지.

우리 둘 다 마음속으로 '그녀'를 떠올리고 있다는 걸 알았다. 누구도 먼저 그렇게 얘기하진 않았지만 그랬다. 동시에 옅은 죄책감과 미안함이 일었지만 실제로 그녀 말고 이 집에 들어올 만한 이는 아무도 없었다.

—너 혹시 오늘 뭐 실수한 거 있어?

지호가 이미 '그녀'를 전제로 한 듯한 질문을 던졌다. 뭔가 잘못했다면 이런 일을 겪어도 된다는 건가. 그러면서도 나 역시 오늘 하루를 침착하게 복기하고 있었다. 만약 그녀가 정말 '우리 집'을 훔쳐간 거라면 대체 왜 그런 건지 이유라도 알고 싶어서였다. '실수'라니. 오늘 아침 숙실을 깨끗하게 정리하고 여느 때처럼 팁도 쪽지도 잊지 않았는데……. 그런데 딱 하나 걸리는 게 있었다. 우리 둘 다 하필 지폐가 없어 침대에 동전을 두고 간 게 떠올랐다. 모양새는 좀 그래도 다 합하면 결코 적은 돈이 아니라 안심하고 떠났는데. 설마 그것 때문인 거야? 정말?

—와, 정말 너무하네.

불쾌함에 몸이 떨렸다. 지호가 '확실한 게 아니면 의심하지 말라'며 나를 진정시켰다. 혹 그 사람이 한 일이라도 어떻게 증명할 거냐면서. 그렇지만 나는 쉽게 흥분이 가라앉지 않았다. 백번 양보해서 그래, 사람이 탐욕스러울 수도, 불성실할 수도 있다. 그렇지만 적어도 부도덕해선 안 되는 거 아닌가? 이런 사람들 때문에 괜히 열심히 사는 사람들이 욕먹는 거 아니야. 정작 편견은 누가 양산하는데? 당장 프랭크에게 얘기할까 싶었지만 떠날 날이 얼마 남지 않은 상태에서 괜히 문제를 일으키고 싶지 않았다. 지호가 나를 위로하며 내일 똑같은 걸 사주겠다고 했다. 나는 똑같은 건 없다고, 공산품이 아니라고 하지 않았느냐며 날카롭게 반응했다.

—너 왜 종일 기분이 안 좋은 건데?

—내가 뭘?

지호가 지지 않고 답했다.

—어머니 때문에 그래?

나는 이런 식으로 갑자기 화제가 바뀐 데 강한 불만을 느꼈다.

—그 얘기가 지금 왜 나오는데?

—…….

—너 내 휴대 전화 본 거야?

지호가 주춤대다 "아니."라고 답했다. 그러곤 내 시선을 피하며 재빨리 말을 돌렸다.

—곧 돌아가서 또 봬야 하니까 그러지. 너 회사 관둔 거 아직 모르셔?

—어.

—말씀드려야 하는 거 아니야?

—내가 알아서 할게.

—돈은?

—것도 내가 알아서 할게.

지호 얼굴에 냉소인지 연민인지 모를 표정이 살짝 스쳤다.

―알아서 어떻게?

―…….

지호가 다시 부드러운 투로 물었다.

―당분간 내가 대신 보내 드릴까?

―됐어, 내가 알아서 한다니까!

내가 평소답지 않게 언성을 높이자 지호도 기분이 상했는지 차갑게 돌아섰다. 그러곤 낯선 투로 조용히 한마디 툭 던졌는데, 그 말이 내 가슴을 몹시 아프게 후볐다.

―그럼 정말 알아서 하든지 아님 그냥 고맙다고 하든지. 둘 중 하나만 하자.

새벽녘, 닭 울음과 새소리, 풀벌레 소리에 잠에서 깼다. 서둘러 욕실에서 씻고 떠날 준비를 했다. 이부자리를 반듯이 정리한 뒤 깃털베개를 손으로 두드려 적당히 부풀리고 그 위에 화려한 색상의 쿠션까지 완벽하게 올렸다. 짐은 전날 미리 싸 둔 터였다. 쓰레기를 한곳에 모아 버리고 물걸레로 숙실 마루를 훔쳤다. 우리가 떠난 뒤 어차피 메이드가 한 번 대청소를 할 테지만 마지막까지 깔끔한 인상을 남기고 싶었다. 누가 보면 이해 못 할 허영이지만 당장 누가 들어와도 새집처럼 보였음 했다.

보조 가방에 여권과 항공권, 휴대 전화를 챙겨 넣었다. 그리고 마지막으로 주위를 둘러보며 혹 두고 가는 건 없는지 주의 깊게 살폈다.

—아 참, 팁 놔야지.

펜과 종이를 챙겨 침대맡에 섰다. 그런데 이번에도 또 공교롭게 현금이 부족했다. 지호에게 잔돈이 있냐고 묻자 지호가 지갑을 뒤적이며 큰돈밖에 없다고 했다. 그러곤 "에이, 마지막인데 바쁘니까 그냥 이거 두고 가자."라며 지폐 하나를 꺼내 침대에 던지듯 올렸다. 한화로 만 칠천 원 가치의 화폐였다. 지호가 거실 마루 끝에 걸터앉아 샌들 끈을 조이는 동안 지호의 굽은 등과 침대 위 지폐를 번갈아 바라봤다. 왠지 비뚜름한 모습이 거슬려 두 손으로 모양을 반듯이 바로잡았다.

—안 가?

채근하는 지호에게 "응, 지금 나가."라고 답한 뒤 한 번 더 흘깃 바깥을 살피다 내가 가진 동전과 침대 위 지폐를 재빨리 바꿨다. 다 합하면 하루 치 팁으로 결코 모자라다 할 수 없는 액수였다. 침대 옆 탁자에 쪼그려 앉아 재빨리 감사 인사를 적었다. 그런데 쪽지를 다 쓴 뒤에도 걸음이 잘 떼어지지 않았다. 그녀가 팁을 가져간 뒤로 한 번도 거르지 않은 일인데. 막상 이곳을 떠나려 하니 이상하게 이 집에 돈은 놓아둘 수 있어도 감사 인사만은 남기고 싶지 않단 마음이 강하게 들었다. 사흘 전 거실에서 사라진 집 모형을 생각하니 더 그랬다. 그 자리에 선 채 몇 번 망설이다 결국 감사 인사가 적힌 쪽지를 바지 주머니에 구겨 넣고 침대 위에 돈만 남겨 둔 채 숙실을 빠져나왔다. 그러곤 숙실 문을 잠그기 전 어둠 너머 희끄무레한 침대보를 응시하다 무언가를 밀봉하듯 굳게 문을 닫았다.

대문 앞에서 프랑크를 만나 열쇠를 건넸다. 우리는 감사 인사와 함께 작은 종이 가방을 건넸다. 출국할 때 인천 공항에서 급히 산 인삼차였다. 여행지에선 늘 누군가에게 신세 질 일이 생기기 마련이라 혹시 몰라 답례품을 미리 준비한 거였다. 꼭 집주인을 위해 산 건 아니지만 도로 가져가려니 짐스럽고 어차피 누군가에게 선물해야 해 프랑크에게 줬다. 지호가 지난번 실수를 만회하려는 듯 '오래전 조선의 왕들이 즐긴 차'라며 '이걸 마시면 당신도 왕처럼 건강해질 거'라 농담했다. 프랑크가 유쾌한 어조로 "정말?" 하고 답하며 우리에게 고맙다고 말했다. 그리고 문 앞에서 정중히 작별을 고하며 '당신들을 손님으로 맞아 기뻤고 앞으로도 다시 보길 기대한다' 말했다.

큰길 바나나나무 그늘 아래서 택시를 기다렸다. 터질 듯 부푼 대형 캐리어와 기내용 캐리어, 보조 가방 따월 길가에 세워 두고서였다. 휴대 전화 위로 '대기 시간 십 분'이라는 알림 창이 떴다. 지호와 머리를 맞댄 채 위성 지도 속 작은 점이 우리 쪽으로 천천히 이동하는 걸 응시했다. 그런데 얼마 후 웬 오토바이 한 대가 이쪽으로 다가오는 게 보였다. 별 장식 없이 오직 기능에만 충실하게 만들어진 작은 오토바이였다. 운전석엔 안전모를 쓰지 않은 한 여자아이가 앉아 있었다. 아이는 무심하게 우리 곁을 지나치는 듯하다 우리 짐 근처에 오토바이를 세웠다. 가만 보니 며칠 전 숙소에서 만난 그 아이였다. 교복 차림이라 그런지 그 전보다 훨씬 앳되고 밝아 보였다. 아이는 오토바이에 앉은 채 내게 종이 가방 하나를 내밀었다. 내가 어리둥절한 얼굴로 "내 거야?"라고 묻자 아이는 내 표정과 손짓을 보고 말뜻을 이해한 듯 고개를 끄덕였다. '이걸 왜 내게?' 하는 의문이 바로 들었지만 더 이상 대화를 진행하기 어려웠다. 우리가 오늘 떠나는 건 어떻게 알았을까? 엄마가 알려 줬나? 그런데 왜? 못 만났으면 어쩌려고. 아니 이 이른 시간에 온 걸 보니 우릴 만나려 한 게 아니라 숙소 어딘가에 종이 가방만 두고 가려 한 건 아닐까. 짧은 순간 별생각이 다 들었다. 아이는 우리에게 뭔가 할 말이 있는 듯 입을 달싹였다. 그렇지만 이내 포기하고 답답한 듯 얕은 숨을 내쉬었다. 이윽고 택시 한 대가 우리 쪽으로 다가왔다. 아이는 서둘러 우리에게 합장한 뒤 다시 오토바이 시동을 걸어 빠르게 사라졌다.

택시에 오르자마자 아이가 준 종이 가방을 열어 봤다. 부드러운 습자지에 꽁꽁 싸인 정체 모를 물건과 관광 엽서 한 장이 손에 잡혔다. 엽서 위론 삐뚤삐뚤 서툰 모양의 알파벳이 빼곡했고 뒷면에는 온몸에 장신구를 단 코끼리가 그려져 있었다. 나는 습자지에 싸인 물건부터 끌러 보았다.

—…….

—어? 이거 그거 아니야?

아까부터 상황을 궁금해하던 지호가 먼저 알은체를 했다. 그러곤 차 뒤쪽으로 몸을 틀어 아이가 사라진 곳을 바라보며 감탄했다.

—쟤가 산 거야? 이거?

허리를 곧추세우고 천천히 엽서를 읽어 나갔다. 그 애가 직접 쓴 건지 아님 다른 친구의 도움을 받은 건지 알 수 없었다. 모국어가 아닌 터라 아이의 말은 번역기를 돌린 양 어색하게 다가왔다. '받는 사람' 이름은 당연히 비었고 공간이 제한된 탓에 첫 줄부터 직설적인 문장이 나왔다. '그것을 깨트린 건 나의 실수다' '정말 미안하다' '나 때문에 엄마가 곤란해지는 걸 원하지 않는다' '나는 결코 똑같은 걸 찾을 수 없었다. 그러나 최대한 비슷한 걸 구했다' '당신들이 그걸 이해해 준다면 정말 감사하겠다'. 칸이 모자랐는지 종이 끝에 가까스로 자리한, 그 애 이름인 듯한 글자들이 보였다. 거기 적힌 말 중 유일하게 이 나라 문자로 쓰인 거였다. 나는 교정보듯 이미 읽은 문장을 한국어로 바꿔 한 번 더 읽어 보았다. 그러곤 이내 얼굴이 붉게 달아오르는 걸 느꼈다. 잠시 엽서를 무릎 위에 내려놓고 창밖을 봤다. 호기심을 이기지 못한 지호가 엽서를 가져다 재빨리 훑었다. 나는 습자지 속 내용물을 꺼내 내 왼손바닥에 조심스레 올렸다. 격자무늬 지붕에 군청색 물감이 칠해진 아주 작은 집이었다. 창문 안으로 상체를 기울이면 안에 누가 사는지 다 보일 것 같은 집. 그걸 보자 문득 '방금 전 엽서에서 본 그 애 이름, 그중 내가 읽을 수 있는 글자가 있는 거 같은데?' '분명 어디서 자주 본 아니 자주 쓴 글잔데.' 하는 생각이 들었다. 그러자 자연스레 내 바지 주머니에 든 쪽지가 떠올랐다. 그걸 보면 당장 알 수 있을 텐데. 지호 앞에서 그 종이를 차마 꺼낼 수 없었다. 그래서 내 바지 주머니 속 '감사합니다'를, 구겨진 '감사합니다'를 손끝으로 마냥 만지작거렸다.

—자기 뭐 온 거 같은데?

지호 말에 정신을 차리고 휴대 전화를 확인했다.

—은주야 오늘 귀국하지? 조심해서 와. 늘 고마워 우리 딸.

휴대 전화를 쥔 채 차창 밖을 멍하니 바라봤다. 그러곤 마른침을 삼키며 속으로 중얼거렸다. 오늘 하루, 이곳에서만 고맙다는 말을 세 번이나 들었는데 가슴이 왜 이렇게 휑한지 모르겠다고. 국제공항으로 향하는 택시가 고속 도로 위를 빠르게 빠져나갔다.

천선란

2019년 장편 소설『무너진 다리』를 연재하며 작품 활동을 시작했다. 소설집『어떤 물질의 사랑』,『밤에 찾아오는 구원자』, 장편 소설『나인』등을 썼다. 한국과학문학상 장편소설 부문 대상, SF어워드 장편 부문 우수상 등을 수상했다.

사막에 대해 글을 써 보는 건 어떠니?

아버지가 사막에 대해 처음 이야기했던 것은 1년간 사우디아라비아로 출장을 갔을 때였다. 그 시기 아버지는 대기업 건설업체에 재직 중이었다. 스물다섯이라는 이른 나이에 첫 연애 상대였던 엄마와 사랑에 빠져 식을 치렀다. 아버지보다 엄마가 더 어렸는데 엄마는 결혼 당시 스무 살이었다. 회사에서 만났던 두 분은 몇 개월의 연애 끝에 서로가 백년가약의 짝임을 확신하고 결혼식을 올린 것이다. 필시 누군가는 너무도 어린 나이에, 적은 연애 경험을 토대로, 고작 1년을 만나 놓고 결혼한 두 사람을 보고 생각이 짧다며 혀를 내두를 수 있겠다.

하지만 아버지가 결혼식에서 평생 당신만을 사랑하겠다는 서약을 그 후로 평생 지켰다는 것을 생각하면 두 사람은 복잡한 이별과 상처를 굳이 겪지 않고 만나게 된 축복 같은 사랑에 가까웠다.

결혼 1년 만에 딸이라는 새 가족이 생겼다. 그 후로는 아이를 낳지 않았으므로 그 딸이 나라는 건 설명하지 않아도 되겠지. 엄마는 육아에 뛰어들었고 아버지는 회사에 뛰어들었다. 돌이켜 보면 지금의 나보다 한참 어린 나이에 부모님은 새 가정을 꾸려 서로를 책임지기 위해 고군분투했던 것이다.

아버지는 토목과를 전공하고 졸업 후 건축 일을 시작했다. 돈을 많이 주는 곳이라면 지방 출장도 마다치 않았는데, 그 경력이 점점 쌓이고 쌓여 내가 열세 살이 되었을 때 멕시코로 첫 해외 출장을 떠났다. 한국에 있을 때와 해외로 갈 때의 임금이 두 배 이상 차이 났으므로 아버지는 주저하지 않았다. 아버지는 그곳에서 지하나 해저에 도로 놓는 일의 총책임자를 맡았다. 멕시코에서 3년 동안 일을 하며 4개월에 한 번씩 2주간 한국으로 휴가를 나왔다. 내가 아버지를 볼 수 있는 시간은 그 기간이 다였다. 우리는 늘 최상의 14일을 보내기 위해 노력했다. 여행을 다니며 추억을 쌓았지만 그중 하루는 두 분이서 꼭 싸웠고 나는 이불을 뒤집어쓰고 누워 두 분을 붙잡고 말리는 상상을 했다.

어쨌든 아버지는 3년간의 멕시코 일을 마무리한 뒤, 이번에는 사우디아라비아로 떠났다. 아버지는 사우디아라비아에서도 4개월에 한 번씩 2주간 휴가를 나왔는데, 이 이야기는 그곳에서 체류하던 중 휴가를 나왔던 때에 아버지와 나눈 대화이다. 아버지는 모르지만 이 대화는 내 인생을 송두리째 바꿨다. 그래서 내가 이 이야기를 첫머리에 다는 것이다. 나는 사막에 대해 쓰라는 아버지의 말을 곰곰이 생각했다. 그때까지도 아버지는 내가 작가가 될 거라는 꿈을 꾸고 있는 듯했다. 고작 백일장 몇 번 나가 상 받은 걸로 말이다. 그렇지만 당시 나는 아버지에게 현실을 일깨워 줄 만큼 무언가가 되고 싶다고 생각한 적 없었으므로 늘 아버지의 몽상을 방관했다. 아버지에게 소설을 쓴다는 건 불가측 영역의 일인 모양이었다. 나는 아버지가 기분 상하지 않도록 머리를 굴려 대답했는데, 돌이켜 생각하면 보잘것없는 답이었다. 조금 한심하고 바보 같은.

하지만 저는 사막에 가 본 적이 없어요.

사람이 보는 것을 쓰는 건 아니잖니. 본다고 믿는 것을 쓰지.

나는 아버지의 말을 이해하지 못했다. 아버지와 생각이 전혀 다르기 때문일지도 모르겠다. 사람들은 본다고 믿는 것을 쓰는 게 아니라 믿는 것만 본다. 그래서 보는 것만 쓸 수 있다고.

아버지는 사우디아라비아에서 직원들과 함께 사막 체험을 했다. 낙타를 타고 사막 중심부로 들어가 가이드와 함께 사막에서 밤을 보내는 코스다. 그곳에서 뭘 봤는데요? 하고 아버지에게 묻자 아버지는 아파트 불빛이 오징어 배처럼 빛나는 야경을 바라보며 말했다.

지평선에 별이 닿아 있었다. 은하수가 흘렀고 사방에 별이 깔려 있었지. 나한테 쏟아지지 않을까 걱정이 될 만큼. 할 수만 있다면 평생 그렇게 누워 별만 보고 싶었다. 마치 나에게 우주가 말을 거는 것 같았어.

아버지는 자신이 말하고도 평소의 본인답지 않다는 걸 알았는지, 그 말을 끝으로 뒷짐을 지고 슬며시 자리를 피했다. 나는 베란다에 오래도록 서서 지평선에 닿은 별을 상상했다. 하지만 나는 아버지가 말한 사막의 밤하늘보다 그 밤하늘의 별이 우리에게 빛으로 닿을 때까지 얼마만큼 오랜 시간 고독한 우주를 가로질렀는지 따위를 더 생각했다. 이 고독도 철저히 지구에서 바라보는 내 입장일지도 모르지만, 빛은 숨 가쁘게 돌아가는 우주를 정신없이 가로질렀을 테지. 이렇게 표현하는 건 예나 지금이나 멋이 없다. 적어도 내 귀에는 우주의 소음이 들리지 않으므로. 나는 아버지가 기대했던 소설적인 상상력 대신 이런 식의 공허한 우주를 자주 꿈꿨다. 아버지의 그 말이 나를 우주로 던져 놓은 것이다. 진동만이 가득한 침묵 속으로.

우주의 망망대공에서 아버지의 이야기를 꺼내는 것은 이 호프호에 승선하게 된 시초가 아버지의 말로부터 뻗어 나왔기 때문이다. 리웡이 들으면 배를 잡고 웃을 것이다. 우리는 스무 해 넘게 만나며 단 한 번도 각자의 가족에 대한 이야기를 진중하게 나눈 적이 없으니 말이다. 하지만 언젠가는 해 주려고 했다. 청자는 있지만 내게 말을 걸 수는 없는 방백 같은 조건이 필요했을 뿐이다.

그러니까 나의 별 볼 일 없는 역사는 아버지의 말로부터 시작했다. 그날 아파트 베란다에서 아버지가 내뱉은 말은 빛의 속도로 우주를 유영하다 나에게 다시 닿은 것이다. 나는 이것을 운명이라 부른다.

내가 아버지에게 물리학과를 지원했다고 말한 것은 통보였다.
사우디아라비아에서의 일을 끝내고 남미 에콰도르로 넘어갔던
아버지에게는 한국 인천에서 일어나는 일에 대해 결정을 내릴 권
한이 없었다. 설령 물리학과에 가는 걸 아버지가 반대한다고 해
도 전화를 끊어 버리면 그만이라는 걸 아버지도 알고 있을 터였다.
대신 아버지는 물리학과에 들어가면 무엇이 될 수 있느냐고 넌지
시 물었다. 와이파이 상태가 좋지 않아 끊기는 목소리를 듣다가
나는 모른다고 대답했다. 정말로 무엇이 될 수 있는지 몰랐다. 어
쩌면 블랙홀이나 시공간에 대해, 우리가 아직 발견하지 못한 원자
나 이 우주의 결말에 대해 답을 내려 역사에 이름을 깊게 남길 수
도 있겠으나 그게 내가 살아가는 동안 해낼 수 있는 일인지 확신할
수 없었다. 나는 단지 아버지가 보았다는 그 사막의 밤하늘이 정
말로 존재는 하는지, 모두가 보지 않고서 내뱉는 말은 아닌지 직접
확인하고 싶었을 뿐이었다. 아버지는 시시한 내 대답을 듣고도 토
달지 않았다. 대신 전화를 끝내기 전에 내게 이런 제안을 했다.

에콰도르에 너도 한번 와 보는 게 좋겠다. 여기에 적도 기념비
가 있거든. 세상의 중심이라는구나.

아버지는 마치 내 학업이나 진로보다 그 사실을 더 흥미로워하
는 것 같았다. 에콰도르라는 나라 이름 자체가 에스파냐어로 '적
도'를 뜻한다는 것을 모르는 듯했다. 알고 있어요, 라거나 못 위에

달걀은 세워 보셨어요?라는 말 중 어떤 말을 꺼낼지 고민하다가 나는 또 시시한 답을 내놨다.

　엄마 상태가 조금 좋아지면요. 그때 같이 갈게요.

　무언가를 말하고 싶지만 선뜻 운을 떼지 못하는 머뭇거림이 느껴졌다. 나는 구태여 아버지의 말길을 열지 않았다. 침묵이 인천과 에콰도르 거리만큼 쌓이고 그 사이를 바쁘게 오가는 전파가 들릴 때쯤 아버지는 다음에 또 전화하겠다는 말을 끝으로 통화를 마무리 지었다. 나는 엄마의 상태를 상세히 묻지 않는 아버지를 야박하다 생각하지 않았다. 두 분은 밤마다 나보다 더 길고 긴밀한 통화를 나누었으므로, 나와의 통화를 통해 아버지의 태도를 단면적으로 받아들이는 것은 타당하지 않았다. 하지만 늘 그것이 아버지를 미워하지 않으려는 나의 고된 노력이라는 것을 알고 있었다. 엄마의 치료를 위해서는 돈이 필요했고 무엇보다도 내가 대학 입학을 앞두고 있었으니 멀리 떨어져 있는 것을 원망할 수 없었으리라. 나에게도 그럴 권한이 없었던 것이다. 아버지가 내 인생에 권한이 없었듯이.

　엄마는 3년 전부터 체기능감퇴증을 앓았다. 2034년에 정식으로 질병이 인정된 이 질병은 머리카락의 30분의 1만큼 작은 먼지로부터 시작되어 지구의 삶을 차츰 절망으로 바꾸었다. 세계보건기구는 이 질병을 명명한 지 고작 한 해가 지나자마자 이 병이 전 세계 사망률 1위를 차지했다고 보도했지만, 글쎄 나는 여전히 그 수치가 무슨 의미가 있는지 모르겠다. 인류가 방관하고 들이켠 발암 물질이 결국 암, 결핵, 뇌종양, 뇌출혈, 심장병 등 다양한 형태로 변이되었으니 체기능감퇴증이라기보다 모두가 각자의 병에 걸려 죽은 것과 다름없었다.

엄마는 뇌가 말썽을 일으켰다. 노폐물이 혈관을 자주 막았다. 오래도록 피가 흐르지 못한 부분이 죽어 가기 시작했지만 겉으로는 큰 증상이 없었다. 약을 꾸준히 복용하는 것과 외출할 때 방독면과 모자를 쓰는 것만이 증상을 지연하는 유일한 방법이었다. 더는 집 베란다에서 창문을 열고 하늘을 바라볼 수 없는 시대가 이토록 빨리 도래할 줄 알았더라면 조금 더 자주 하늘을 바라봤을 것이다.

하지만 세상이 그렇게 먼지로 뒤덮인 것과 달리 내 삶의 속도는 조금도 달라지지 않았다. 나는 그해 선망했던 물리학과에 무탈하게 입학한 후, 새롭지만 지리멸렬한 집단으로 섞여 들어갔다. 내가 그곳에서 배운 것은 학생의 이해 따위는 바라지 않는 공식과 이해할 수 없는 물리학과식 개그(어느 순간 내가 웃고 있는 게 화가 날 만큼), 그리고 답답할 때마다 "우리는 저 발암 물질과 같다."라는 소리를 내지르며 방독면을 벗고 운동장을 뛰는 스트레스 해소법이었다. 내가 생각해도 미친 짓이었다. 아마 지금쯤 그때 들이켠 공기가 몸속에서 재앙으로 똬리를 틀었을 것이다. 그렇다고 해서 크게 달라지는 것은 없다. 시간이 조금 단축되었을 뿐. 리웡은 그즈음 만났다. 홍콩에서 교환 학생으로 온 리웡에게 내가 던진 첫 질문은 이랬다.

모국어로 들어도 이해 못 할 물리를 왜 외국어로 배우러 온 거야?

리웡은 유독 뾰족한 송곳니를 드러내며 웃었다.

홍콩보다 한국의 하늘이 그나마 깨끗하거든.

나는 어이가 없어 웃었는데, 홍콩 하늘이나 한국 하늘이나 도긴 개긴이었다. 극지방으로 가지 않는 이상 이제 지구 어디에서도 맑은 하늘은 기대할 수 없었다. 하지만 리웡은 지구에 떠다니는 발암 물질을 없앨 수 있는 물질이, 혹은 그 조합이 이 세상 어딘가에 반드시 존재할 것이라 믿었다. 리웡이 꽉 막힌 지구에서 먼지를 걷어 낼 수 있는 구멍을 찾고 있을 때 나는 언제나 지구 밖을 떠나는 상상을 했다. 어쨌거나 현실에 거는 기대감이 없다는 것이 우리의 공통점이 되었을 것이다.

리웡은 키가 나보다 조금 더 작았고, 마른 체격을 가지고 있었다. 내가 기껏해야 평균 신장이 조금 넘는 173센티미터인 걸 생각하면, 리웡은 전체적으로 왜소했다. 리웡은 늘 검은색 책가방을 멨고, 그 안에는 오래도록 쓴 텀블러, 에어컨을 견디기 위한 셔츠, 안경집과 휴대용 산소 주입기가 주인어른처럼 들어 있었다. 자신의 등보다 큰 가방을 들고 다니는 리웡의 뒷모습을 보고 있노라면 이따금씩 등딱지를 메고 걷는 육지 거북 같기도 했다. 그 모습에서 듬직함이라고는 절대 느낄 수 없었지만 모종의 생존력이 느껴졌다. 어디를 가든 살아남을 것 같은, 그리고 나를 위해 언제든 그 가방에서 무언가를 꺼내 줄 것 같은.

고백은 내가 먼저 했다. 네 가방에 내 물건도 함께 넣어 줬으면 좋겠어. 리웡은 대답 대신 내 손에 들려 있던 물통을 자신의 가방에 넣고 깍지를 꼈다. 우리는 시작하는 연애에 대해 가타부타 이야기하는 대신 그날 들었던 수업 내용에 관한 짧은 토론을 했다. 그게 끝이었다. 지금 말하면서 떠오르건대 나는 어쩌면 아버지와 반대인 누군가를 찾고 있었는지도 모른다. 침대에 모로 누워 한 자리만 차지하는 엄마의 등을 보며, 함께 밤을 보내고 아침을 맞이하는 것이 진정한 사랑일지도 모른다고.

엄마의 병은 그녀가 살아오며 들이마신 숨의 값이었지만 그 과정에는 필시 외로움이 끼어들었을 것이다. 물질이 몸속 곳곳에 잘 스며들어 결합할 수 있도록 외로움이 촉매 역할을 했겠지. 그리하여 병의 진행 속도를 가속시키지 않았을까. 마흔다섯에 혈관이 터진 이유를, 나는 그렇게밖에 납득하지 못했다.

우주의 입장에서 보자면 지구는 그 많은 행성들 중 어쩌다 생긴 하나에 불과했고, 그중에서도 아주 작은 행성이었으며 어느 날 갑자기 사라진다고 해도 별 상관 없는 행성이었다. 그리고 인간은 그 안에서 존재의 이유조차 알 수 없도록 우연히 생긴 생명체였다. 사랑과 외로움이라는 단어를 만든 것은 인간이다. 이 땅을 외롭게 만든 것은 오롯이 인간의 짓이라는 걸 상기할 때마다 나는 그저 이 행성을 떠나야만 그 외로움으로부터 벗어날 수 있다는 생각을 했다.

그날 방언을 터뜨리며, 집에서 쓰러진 엄마를 병원에 데려간 것은 나였다. 몸도 가누지 못하는 엄마를 차에 태워 병원까지 어떻게 운전했는지는 지금도 기억나지 않는다. 긴박한 순간이 오면 인간이 잠재된 힘을 쏟아 낼 수 있다는 것을 그때 실감했다. 자신의 증상을 스스로 설명하고 오한을 느끼는 엄마에게 내려진 첫 진단은 몸살감기였다. 엄마는 응급실에 누워 링거를 맞았고, 나는 그제야 숨을 몰아쉬며 링거만 다 맞고 집으로 돌아가서 쉬자는 말을 웃으며 엄마에게 했다. 하지만 우리의 대화가, 그러니까 엄마가 엄마로서 나와 나눈 대화가 그것이 영영 마지막일 줄 알았더라면 나는 사랑한다는 말을 했을 것이다. 혹 나를 잊게 되더라도 사랑했다는 것은 잊지 말아 달라고 말이다.

엄마의 오한은 조금도 나아지지 않았고 다시금 정신 놓기를 반복할 때쯤 의사가 나를 불러 병원에 도착하자마자 찍은 MRI를 보여 줬다. 의사의 말을 들으며 나는 이런 생각을 했다. 사람의 뇌가 저렇게 시커멓게 변할 수도 있구나. 마치 우주 같다. 흑백으로 인쇄된 책 속 성운을 바라봤을 때의, 그런 우주. 엄마의 뇌에도 첫 폭발이 일어났구나. 그러니까 의사의 말은 살 수도 죽을 수도 있지만 살게 된다면 머릿속의 엔트로피가 계속 증가할 거라는 거구나.

엄마는 뇌압을 낮춰야 한다는 이유로 5시간 방치되었다가 3시간에 걸친 수술을 받고 살았다. 엄마의 뇌는 카오스 상태가 되었다. 후에 엄마가 다시 눈을 떴을 때 엄마의 인지 능력은 고작해야 세 살 정도였고 우리가 함께했던 모든 것을 잊은 상태였다. 엄마의 뇌는, 그 이후로도 과거의 일을 기억해 내지 못했고 기억을 쌓지 못했다. 현재의 행복만을 느끼는 삶. 과거도, 미래도 존재하지 않고 오로지 그 순간만을 사는 삶. 엄마는 마치 신인류 같은 인간이 되었다.

엄마가 수술실에 들어간 후에야 아버지에게 전화를 걸어 사실을 전했다. 내가 할 수 있는 말은 의사의 말을 그대로 전하는 것뿐이었다. 수술은 들어갔지만 살 수도 있고, 죽을 수도 있다는. 절망적이지는 않지만 그렇다고 희망적이지도 않은, 어디에도 속하지 않고 부유하는 말이었다. 아버지는 바로 회사에 이 사실을 알린 후 귀국 길에 올랐다.

급하게 와야 했기에 아버지는 16시간 동안 두 번의 경유를 했고, 기내 와이파이가 제공되지 않는 저가 항공을 이용했다. 아버지는 경유지 공항에 도착해 내게 전화를 걸어 엄마의 상태를 물었고, 나는 아직 수술 중이라는 말을 반복했다. 아버지가 세 번째 비행기에 탑승하고 나서야 엄마의 수술이 끝났으므로 아버지는 엄마가 살았다는 것을 한국에 도착한 다음에야 전해 들을 수 있었다.

아버지는 비행기에 있는 동안 무슨 생각을 했을까. 공항에 도착할 때 어떤 마음으로 휴대폰을 켰을까. 이곳에 있다 보면 비행기에 갇혀 아내의 죽음을 상상하는 아버지가 자주 떠오른다. 사방이 막힌 방에 우두커니 앉아, 나는 한 번도 본 적 없는 기내의 아버지를 보고 있다. 의문이 생긴다.

당신은 그 시간을 어떻게 견뎌 냈을까.

16시간이라는 비행시간 동안 아버지의 시간은 몇 번이나 생을 넘겼을까. 혹시 시간이 멈춘 건 아닐까 자신의 손목시계를 몇 번이나 확인했을까. 지나가는 승무원을 붙잡아 도착까지 얼마나 남았느냐는 질문을 몇 번이나 했고, 머릿속에서 얼마만큼 아내의 장례를 치렀을까.

아버지의 마지막 출장은 에콰도르가 되었다. 엄마에게는 두 손과 두 발이 되어 줄 보호자가 필요했고, 아버지는 아내를 돌보는 것이 자기 일이라고 내가 껴들 수 없게 딱 잘라 말했다. 부모를 돌보는 것은 자식의 일이 아니라는, 내가 사회에서 듣고 자란 말과는 정반대의 말을 뱉으며 낮에는 간병인을 두고 회사에 나갔다가 퇴근 후에는 병원으로 오는 생활을 반복했다.

살았다는 사실 하나로 우리는 이 절망스러운 상황이 금방 예전으로 회복될 줄 알았다. 적어도 1년 안에는 모든 것이 되돌아가리라. 하지만 중환자실에서 일주일을 버티다 나온 엄마는 혼자 시간을 역행해 아주 어리고 여린 아기로 회귀했다. 뇌의 이마엽 기능이 완전히 손실된 엄마는 판단, 사고, 창조, 억제, 대화 같은 모든 사고 체제 기능이 망가졌으며 인지의 저하와 같은 수준으로 운동 기능도 상실했다. 엄마는 신생아처럼 중환자실에 누워 잠을 잤다. 피부는 뽀얗게 변했고 미간에 잔뜩 졌던 주름도 펴졌다. 몸도 시간을 거슬러 회귀하려는 것 같았다.

엄마는 외로움을 잊은 신인류였다. 신인류는 가히 지구에서 유일하게 행복한 존재였다.

나는 그때 반 학기가 남은 채로 휴학 중인 상태였지만 다시 휴학을 연장했다. 홈페이지에서 휴학 신청을 하고 얼마 지나지 않아 담당 교수에게 따로 전화가 걸려 왔다. 이번에 휴학하면 정해져 있던 항공 연구원 자리가 불투명해질 수도 있다는 말을 전하기 위해서였다. 나는 어쩔 수 없다는 말을 남기고 통화를 마쳤다.

리윙이 환경을 살리기 위해 대기 물질을 조사하는 동안 나는 끊임없이, 먼지가 가린 우주로 나가기 위해 노력했다. 우리는 하늘을 바라보며 서로 다른 꿈을 꿨다.

결과적으로 우리가 지구를 살리려고 한다는 건 같잖아.

천장이 돔으로 만들어진 카페에 반쯤 누워 가짜 푸른 하늘을 바라보고 있을 때 리윙이 말했다. 고장 난 스크린의 한 벽면은 자꾸 색이 튀어 저 혼자 다채로운 색을 띠고 있었다. 발아래에는 산이 있었고 머리 쪽에는 석양이 있었다. 철새인지 알 수 없는 푸른 새가 이따금씩 돔을 가로질러 규칙적으로 날아갔다. 내가 한동안 답이 없자 리윙은 여태 상실감에 빠져 있는 줄 알고 심심찮은 위로를 던졌다.

기회는 또 올 거야. 너는 능력을 갖추고 있으니까.

나는 실없이 웃음을 터뜨렸다. 정확한 이유는 알지 못했지만 그저 웃음이 나왔다. 어쩌면 몇 주째 4시간 이상 잠들지 못해 그랬을 수도 있으리라. 짐작건대 리웡은 나와의 이별을 다짐했을지도 모른다. 끝내 헤어지지는 않았지만, 미쳐 가는 연인을 옆에 두려고 하는 사람은 별로 없으니 말이다. 나는 한참을 웃다가 주문한 물을 마시고는 입을 열었다.

나는 지구를 살리는 일에 별 관심 없어. 그게 우리의 유일한 다른 점이겠다.

리웡은 뒷말이 있을 거라고 생각했는지 별다른 말 없이 나를 기다렸다. 하지만 나는 리웡이 기대하는 특별한 이유를 댈 수 없었다. 나는 이유 없이 계속해서 우주에 대한 갈증을 느꼈다. 우주로, 지구 밖으로 나가고 싶었고 설령 그 이유가 외계 생명과의 조우라거나 테라포밍을 위한 일이라도 상관없었다. 대신 나는 시시한 이야기를 조금 꺼냈다.

옛날에는 아버지가 해외에 나가기 싫은데 억지로 나가 있는 거라고 생각했거든? 그런데 요즘은 아닌 것 같아. 요즘에는 그 반대 같아. 나가고 싶은데 한국에 묶여 있어야 하는……, 욕망들의 거리가 너무 멀어서 동시에 끌어안을 수 없고, 그래서 그 틈으로 외로움이 쌓이는 거 같아.

아버지는 객지에서의 이야기를 더는 꺼내지 않았다. 그런 대화를 나눌 상황이 되지 못해서 그랬겠지. 내가 뱉고도 괜한 말을 한 것 같아 방금 한 말을 취소하겠다고 뒤늦게야 수습했지만 리웡은 고개를 저으며 입을 열었다.

네 말이 무슨 말인지 알 것 같은데.

무슨 말인데?

'모든 걸 다 모르는 척하고 싶지만 차마 눈을 감을 수 없는' 그런 거잖아. 이를테면 네가 지금 눈을 뜨고 기회를 떠나보내는 것 같은.

……

그렇다면 네 간격에도 외로움이 생겼겠네.

리윙은 나를 가만 끌어안았다. 리윙은 그때 내 표정이 얼마나 얼떨떨했는지 알지 못할 것이다. 하지만 그런 표정을 하고 있으면서도 리윙이 놓을 때까지 안겨 있었음을 부정하지 않겠다. 외롭구나. 외로움을 이겨 낼 수 없을 때 사람이 덤덤해지는구나.

그 시기에 리윙과는 자주 만나지 못했다. 리윙이 바빴던 것은 물론이고 나 역시도 아르바이트와 과외를 병행하고 있어 하루가 짧았다. 어느 날 갑자기 아버지도 쓰러져 내가 가장이 되는 꿈을 자주 꾸었고 통장에 일정 이하로 금액이 떨어지면 미친 듯이 불안해지기 시작했다. 아버지가 퇴직한 것은 아니었으므로 1년 동안 수술비와 병원비를 내고도 집의 재정이 크게 기울지는 않았으나 마음의 여유는 완전히 소멸했다. 그때부터 세상의 척박함과 별개인 또 다른 사막이 내 안에 생겼다.

아버지와는 그때 가장 많이 싸웠다. 어리광이 심해진 엄마는 성인의 괴력으로 손에 잡히는 모든 것을 때리고, 꼬집었다. 타인이 엄마를 감당하기란 쉽지 않았다. 일주일 단위로 간병인이 바뀌었고 어떤 간병인은 통보도 없이 도망을 가 아르바이트를 하다가도 급하게 병원에 가야 하는 일이 생겼다. 그럴수록 보이지 않는 그물에 걸린 물고기처럼 숨통이 조여 오고 답답함이 심해졌다. 그때 비상계단에 숨어 호흡을 몰아 하는 습관이 생겼다. 층 전체에 울리도록 거칠고 답답한 호흡이었다. 호흡기를 달고 숨을 크게 들이마셔도 숨을 쉬고 있다는 생각이 들지 않았다. 스트레스는 내가 감당할 수 있는 한계치를 넘었고 아주 작은 다툼에도 쉽게 눈물을 보이며 화를 냈다. 그 대상은 대부분이 아버지였다. 말해 놓고 나니 '싸웠다'는 표현보다 일방적으로 화풀이했다는 표현이 더 맞겠다는 생각이 든다. 그렇다고 지금에 와서 그때의 나를 책망하고 싶지는 않다. 당시의 나는 고작해야 스물세 살이었고 곁에 있던 사람이 죽은 것과도 같은 시간을 견뎌 냈던 것은 버거웠으며 더욱이 그 사람 인생의 무게를 짊어지기에는 너무 작았다. 당시의 내가 거부했던, 엄마가 죽지 않고 살았으므로 뒤따라 온 모든 고통을 힘들다고 투정부리는 것이 사치와 불효처럼 느껴졌던 그 마음을, 이제는 인정할 수 있다. 나는 그때 힘들었다. 고통스러웠다. 다시는 이전의 세계로 돌아가지 못할까 봐 두려웠다.

　엄마가 서울 순천향병원에 있는 동안 회사가 을지로에 있었던 아버지는 점심시간에도 엄마를 찾아왔다. 이미 내 세상이 피폐하고 좁아서, 나는 아버지의 삶이 어떤지 일부러 짐작하지 않았다. 하지만 외면해도 맞닥뜨리게 되는 순간은 오기 마련인데, 내가 아버지의 차에서 수첩을 발견한 것이 그때였다. 아버지는 아직 내가 당신의 수첩을 봤다는 것을 모른다. 이번 기회를 통해 알게 되겠지. 어쩌면 아버지도 잊었을지도 모른다. 20년 전의 수첩이었으니 말이다.

잠시 눈을 붙이려고 앉은 운전석에서 까맣고 작은 수첩 하나를 발견했다. 엄마가 쓰러진 지 4개월이 지났을 때였다. 그 수첩에는 도로를 설계하는 아버지의 직업처럼 정갈하고 세밀하게 엄마의 병명과 증상이 쓰여 있었다. 아침저녁으로 의사를 만나 들었던 모든 내용이 세세하게 적혀 있었다. 먹고 있는 약의 성분, 그날 맞은 주사의 종류, 운동 치료의 종류와 효과까지 전부 다. 거기에 아버지의 감상은 생략되어 있었으나 '기억하지 못함'이라거나 '자주 울'이라는 기록에는 밑줄을 긋거나 동그라미를 쳐 두었다. 떨림이 많은 선. 아주 느리게 왕복한 선들이 고독하게 누워 있었다. 나는 한참 동안 수첩을 바라보다 떨림이 그대로 기록된 선을 손가락으로 훑었다. 내면의 흔적이었다.

아버지가 다시 사막의 이야기를 꺼낸 것은 엄마의 폭력성이 조금 수그러들고 모든 말에 "그래?" "왜?" "몰라" 같은 대답만 하기 시작할 즈음이었다. 예전의 기억을 떠올리는 건 아니었지만 엄마는 이제 적어도 앞에 앉은 남자가 자신과 인연이 깊다는 것과 내가 딸이라는 것쯤은 아는 모양이었다. 나는 복학 후 학교를 졸업하고 다시 항공 연구원으로 들어가기 위해 영어 점수를 따고 있었다. 새벽 일찍부터 나가 학원에 온종일 박혀 있다가 밤이 되면 병원에 얼굴을 비치는 정도였다. 스물여섯이었으니 그리 늦은 나이도 아니었으나 마음의 조급함을 달래는 길이 그런 식으로 나를 혹독하게 만드는 방법뿐이었다. 몸은 피곤했지만 나를 위해 시간을 할애한다는 것을 행복으로 느낀 때이기도 했다. 어쨌든 그렇게 병원에 머무는 시간이 예전보다 줄었고 내가 병실에 도착하면 늘 아버지가 있었다.

아버지는 휠체어에 앉은 엄마와 마주 보고 앉아 대화를 나누었다. 서로 말을 주고받는다기보다 화자와 청자가 완벽하게 구분된 대화였다. 아버지는 그때부터 자신이 해외에 있는 동안 겪었던 일들을 공동의 추억으로 탈바꿈해 꺼내 놓았다. 연애 시절의 이야기와 결혼 초반의 이야기는 이미 다 소진한 후였다. 아버지는 에콰도르의 태평양에서 보았던 고래 떼와 멕시코 수미데로 계곡에서 본 쌍무지개, 사우디아라비아 헤자즈산맥을 따라 북동 방향으로 이동하다 만난 네지드고원 따위를 이야기했다.

그때 당신이 거기서 넘어지는 바람에 내가 업어 줬잖아. 그거 기억 안 나?

아버지가 시치미 떼고 가짜 추억을 만들어 물으면, 엄마는 도통 생각나지 않는다는 표정으로 아버지를 바라보다 끝내 그랬지, 하고 대답했다. 자신을 위해 무언가를 열심히 말하는 남자가 안쓰러

위 내뱉은 반응일 수도 있었다. 하지만 이따금 엄마는 "그래, 기억나." 하고 말할 때마다 정말로 그때를 회상하는 것 같은 황홀한 표정을 지었다. 개중에서도 엄마가 가장 큰 반응을 보이는 이야기는 사막에 관한 추억이었다.

사막 투어를 했던 날 있잖아, 당신이랑 나랑.

사막?

응, 사막. 온통 모래뿐인 곳. 우리 다녀왔잖아.

응. 그렇지.

거기서 은하수도 봤고. 땅까지 별이 닿아 있었잖아.

별?

응, 우주에서 보내는 빛. 그게 밤하늘에 빼곡하게 박혀 있었어. 은하수도 있었고. 우리 같이 누워서 하염없이 밤하늘만 바라보면서 아침이 오지 않기를 바랐어.

…….

기억 안 나?

나.

그렇지? 우리 거기 다시 가기로 했잖아. 그것도 기억나?

나.

당신 퇴원하면 가자.

실제로 두 분이서 그곳에 다시 가자는 약속을 했는지는 알 수 없었다. 단지 엄마는 고개를 끄덕이며 아버지와 새끼손가락을 걸었고, 그럴 때면 아버지가 만든 가짜 추억이 진짜가 되는 듯했다. 적어도 엄마에게는.

그로부터 10년 후, 사막에 간 사람은 나였다.

항공 훈련 중 한 단계였다. 서 있기도 힘든 모래 폭풍과 시시각각 변하는 날씨에서 살아남아야 하는 혹독한 훈련이었다. 가압 방수복을 입고 있어 움직임도 자유롭지 않았다. 나는 그곳에서 파트너였던 산드라와 사흘을 함께 버티다 강한 모래 폭풍에 서로를 잃은 채 사흘을 더 버텼다. 행성에 처음 도착한 최초의 인류처럼, 혹은 태초의 원시 인류처럼 황무지인 사막에서 불을 피웠고, 불을 지키려고 노력했고, 살아남기 위해 식량을 아꼈으며 모래로부터 서로를 잃지 않기 위해 부둥켜안았지만 그것도 둘이 있을 때야 가능한 이야기였다. 혼자 있을 때는 모든 것이 불가능했다. 바람 속에서 제자리에 버티고 서 있는 것마저 힘든 것이 인간이었다. 별을 잃어 하늘을 보고서는 방향을 찾을 수 없었다. 나는 손에 있던 나침반과 반쯤 남은 물로 사막을 혼자 버텼다. 이 길이 맞는 방향인지 장담할 수 없었다. 우주가 가리키는 지표가 아닌 고작 손바닥만 한 나침반에 내 목숨을 걸어야 했다. 몇 시간은 바람이 멎기도 했다. 하지만 별 하나 보이지 않는 하늘은 그대로였다. 무엇도 기대하지 않았는데 실망감을 느꼈다. 아버지가 내게 말했던 사막과 지금의 사막은 너무나도 달랐다. 포악하고 불친절했다. 소중하게 아꼈던 무언가를 잃은 것처럼 화나 있었다.

내게 남은 건 오직 사막에서 생을 마감하는 것이 전부라고 인정하며, 모든 것을 다 포기했을 때 산드라를 만났다. 나는 사람이 말

랐던 것처럼 산드라를 끌어안았다. 사막이 두려웠던 것인지 아니면 혼자 있던 사막이 무서웠던 것인지 구분할 수 없었다. 혼자가 아니라는 안도감이 폭풍처럼 밀려왔다.

일주일의 훈련을 마치고 인근 마을에 도착했다. 다른 팀과 합류해야 했다. 그곳에서 만난 팀들 역시 생사의 갈림길을 전전하다 온 몰골이었다. 우리는 누가, 얼마나 더 위험에 처해 있었는지 입씨름하지 않고 그저 살아서 만난 것을 즐겼다. 우리가 묵었던 숙소는 나이 쉰의 남자인 '카림'이 홀로 운영하는 조그만 곳이었다. 카림은 그 마을에서 50년을 산 토박이로, 수작업으로 마스크를 세척하며 간간이 숙박을 받는다고 말했다.

원래는 숙박업소가 대대로 내려오던 가업이었어요. 그런데 사막을 찾는 이들이 사라지면서 자연스럽게 다른 일을 병행해야 했죠.

카림의 말이 사실이라는 걸 대변하듯 거실 한 벽면에는 아주 오래전에 이곳에 머물렀다 간 사람들의 사진들이 걸려 있었다. 2012년부터 이어져 오던 사진은 2027년에서 끊겼다. 아버지가 사우디아라비아에 왔을 때가 2028년이었다. 나는 사진을 물끄러미 바라보다가 카림에게 물었다.

이곳에 왔던 사람들은 대부분 뭘 관광했어요?

사막이죠. 다른 지역은 모르겠지만 여기에는 사막뿐인걸요.

그럼 이 사람들도 사막 체험을 했겠네요.

카림은 내 말을 듣더니 어이없다는 듯이 웃었다.

언제 적 사막 투어인데요. 그중에 절반은 그저 곁에서 사막을 보러 온 거죠. 태초의 황망함을 느끼고 싶은 인간들이거나.

나는 그제야 사진을 다시 둘러보았다. 2022년까지는 사막 가운데서 찍은 사진이 걸려 있었지만 그 이후로는 전부 이 집 앞에서 헤어지기 전에 찍은 듯한 사진들이었다.

이 이후로는 사막 투어가 사라졌나요?

사라졌어요. 그날 이후로는 아무도 못 들어갔어요.

혹시 여기 말고 다른 곳은…….

다른 곳도 마찬가지죠. 생계였으니 우리도 누구보다 아쉽지만 어쩌겠어요. 사막이 인간을 허락하지 않는데. 자연을 거스르면 안 돼요. 그 결과는 죽음뿐이니까요.

카림의 말은 사실이었다. 나라 자체에서 사막 체험을 금지했다는 것을 뒤늦게 도착한 동료를 통해 들었다. 기후 변화로 인해 모래 폭풍이 거세다는 안전상의 문제와 밤하늘이 보이지 않는다는 관광 목적 상실의 이유로 사막 체험이 완전히 사라졌다는 것이다. 그러니까 어떤 사설 여행사도 사막으로 들어가지 못했다는 뜻이었다.

카림은 나와 헤어질 즈음 나에게 집 뒤에 있던 지하 도로 입구를 가리키며 말했다. 아버지가 이 근처에서 일을 한 적 있다는 내 말을 듣고서 내내 생각한 모양이었다.

저 도로를 만들 즈음이 모래 폭풍이 가장 심했어요. 그때 한국에서도 사람이 왔었는데 일할 때 빼고는 내내 숙소에만 있어야 했어요. 사막은 어림도 없었어요. 가끔씩 일하는 사람들이 이 마을까지 내려와 우리와 같이 술을 마시기는 했어요. 심심하니까요. 그럴 때면 사막에 대해 이런저런 이야기도 나눴죠. 사막에 대한 아름다움이나 밤하늘 따위를요. 물론 그중에서 실제로 본 사람은 아무도 없어요. 그렇지만 그냥 말하는 거예요. 그렇게라도 하지 않으면 이곳은 너무 무섭고 팍팍하니까요. 멀리 타국까지 날아와 일하는 사람들은 그게 더 심하겠죠. 아름다움을 꿈꾸면서 사막으로 외로움을 던지는 거죠.

당신도 사막의 밤하늘을 본 적 없나요? 내가 물었다.

없죠. 저도 아버지한테 들었어요. 아버지는 또 할아버지한테 들었고……. 사막의 밤하늘은 그 어느 곳보다 위대하다는 걸요. 지평선에 별이 걸려 있다니까요.

우리는 오래도록 우주 어딘가에 있을, 우리와 같은 지적 생명체에게 신호를 보내왔다. 그리고 20년 전 1229b 행성과 멀지 않은 곳에 위치한 행성으로부터 답을 얻었다. 추측하기로 그들은 우리보다 문명과 과학 기술의 속도가 100년 정도 늦을 것이다. 우주와 외계 존재에 대한 호기심 가득한 질문을 쏟아 낸 것으로 예상할 수 있었다. 그곳의 대기와 물, 중력, 기압…… 모든 것이 지구와 흡사하다. 적어도 그들은 우리와 같거나 우리와 비슷한 모습일 테다.

다른 점이 있다면 아직 그곳은 하늘을 바라볼 수 있는 맑은 공기가 있다는 것⋯⋯.

나도 아버지를 닮았나 보다. 리윙에게 평생 옆에 있어 달라고 부탁했건만 결국 떠나는 것은 나였다. 리윙은 아주 긴 항해에 선발되었다는 내 이야기를 듣고 축하와 동시에 "우리가 이혼하는 것은 아니지?"라고 물었다. 살아 돌아온다면, 그리고 내가 돌아올 때까지 네가 살아 있다면 결혼은 계속 유지된다는 대답을 했다.

나는 여전히 내가 이토록 우주를 갈망하는 정확한 이유를 찾아내지 못했다. 나는 운이 좋게 호프호에 승선한 선원일 뿐, 인류를 위해 위대한 업적을 남길 위인이 아니다. 하지만 가끔 아버지가 말했던 사막의 밤하늘이 딱 그날 하루, 아주 운 좋게 뜨지 않았을까 하는 상상을 했고, 정말로 우주의 누군가가 아버지에게 속삭인 것은 아닐까 오래도록 고민했다. 나를 우주로 보내기 위해서. 어쩌면 지금 우리가 그들에게 보낸 신호가 차원을 돌다가 다시 지구에 닿았던 것은 아닐까.

리윙은 내가 떠나기 전, 아직도 지구를 살리는 일에는 관심이 없느냐고 물었다. 나는 대답 대신 키스를 남겼지만, 이곳에서 솔직히 말해 보자면 여전히 지구를 살리는 일에는 관심이 없다. 나에게는 그저 내 꿈을 실현하고자 하는 욕망이 있을 뿐.

아버지는 도로가 없는 우주를 어떻게 달리느냐고 물었다. 정말로 궁금해 물은 것은 아니겠지. 영원히 젊을 것 같던 아버지는 어느새 머리가 전부 새하얗게 셌고 얼굴에 검버섯이 가득해졌다.

바다를 항해하는 것과 같아요. 바다에도 도로는 없지만 배가 나아갈 길을 알려 주잖아요.

그렇구나. 평생 열심히 땅에 도로를 깔았더니 내 딸은 도로가 없는 길을 가네. 이럴 줄 알았으면 우주에 도로를 깔았어야 했어.

아버지는 너스레를 떨었다. 그러고는 곧 머뭇거리는 내 속마음을 꿰뚫어 보고는 말했다.

엄마는 걱정 마라. 이 아빠가 있잖니. 아빠도 이제 엄마 보는 건 익숙해서 아무 문제 없거든. 자식은 부모 걱정하는 거 아니다.

나는 가만 고개를 끄덕였다.

그리고 어느 곳이든 네가 나아가는 곳이 길이고, 길은 늘 외롭단다. 적당히 외로움을 길 밖으로 내던지며 나아가야 한다. 외로움이 적재되면 도로도 쉽게 무너지니까. 알겠니?

나는 이곳에 오기 전까지 아버지에게 카림한테서 들었던 사실을 말하지 않았다. 아버지가 설령 보지 않은 것을 보았다고 거짓말했더라도, 내 출발지가 그곳이었음은 변하지 않으니까. 나는 아버지에게 보지 않은 것은 쓸 수 없다고 말했지만 결국 보지 않은 우주를 꿈꿨다. 나는 아무도 가 보지 않은 곳을 향해 가고 있고, 긴 주행을 마친 아버지는 현재만이 존재하는 세계에 정착했다.

우리가 갈 수 있도록 그 행성에 텔레포트 설계도를 보냈고, 아주 오랜 시간이 걸린 끝에야 그 행성에서 우리의 숙제를 완수했다. 우리는 그곳에서 지구가 잃은 공기를 다시 찾기 위해 노력하겠지. 내 메시지가 닿는 속도만큼 나는 그 행성으로 나아갈 것이다. 침전되지 않도록 우주 밖으로 외로움을 내던지면서.

그곳에 아직 별이 뜬 사막이 있을까.

당신은 여전히 사막을 꿈꿀까.

작품 출처

- 장류진, 「탐페레 공항」 『일의 기쁨과 슬픔』, 창비 2019
- 윤고은, 「콜럼버스의 뼈」 『알로하』, 창비 2014
- 기준영, 「망아지 제이슨」 『사치와 고요』, 문학과지성사 2020
- 김금희, 「모리와 무라」 『오직 한 사람의 차지』, 문학동네 2019
- 이장욱, 「절반 이상의 하루오」 『기린이 아닌 모든 것』, 문학과지성사 2015
- 김애란, 「숲속 작은 집」 『문학동네』 2019년 여름 호, 문학동네 2019
- 천선란, 「사막으로」 『어떤 물질의 사랑』, 아작 2020

여행하는 소설

초판 1쇄 발행 2022년 3월 25일
초판 5쇄 발행 2024년 4월 4일

지은이 • 장류진 윤고은 기준영 김금희 이장욱 김애란 천선란
엮은이 • 백순구 박대현 박은영 제수현
펴낸이 • 김종곤
편집 • 서대영
조판 • 이주니
펴낸곳 • (주)창비교육
등록 • 2014년 6월 20일 제2014-000183호
주소 • 04004 서울특별시 마포구 월드컵로12길 7
전화 • 1833-7247
팩스 • 영업 070-4838-4938 | 편집 02-6949-0953
홈페이지 • www.changbiedu.com
전자우편 • contents@changbi.com

ⓒ 장류진 윤고은 기준영 김금희 이장욱 김애란 천선란 2022
ISBN 979-11-6570-122-2 43810